오늘의 급식

오늘의 급식

기사라기 가즈사 지음 ✕ 김윤수 옮김

라임

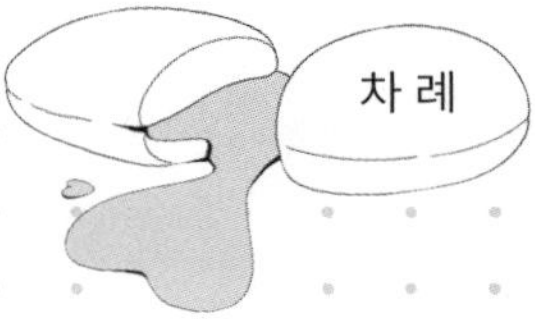

차 례

젤리

새콤달콤 차가운 화해의 맛

초등학생 때, 나는 점심시간을 무척 좋아했다.

깨끗하고 하얀 식탁 위에 반짝이는 은색 식기, 접시에 담긴 먹음직스러운 음식들……. 햄버그스테이크는 신선한 채소로 장식해 입맛을 돋우었고, 모락모락 김이 나는 양파 수프에선 달큼한 향이 올라왔다. 조리사는 학교 근처에 있는 유명 호텔의 셰프였다. 그만큼 어느 레스토랑 못지않게 메뉴가 다양할 뿐만 아니라 맛도 뛰어났다.

우리는 학교에 입학하자마자 식사 예절부터 배웠다. 그래서인지 점심시간에 떠들거나 잡담하는 아이는 아무도 없었다. 고상하고 우아한 표정과 몸짓으로 음식을 하나하나 음미했다. 흡사 영화에서 본 외국 귀족들의 만찬회 같은 분위기가 풍기는 이 시간이 나는 아주 마음에 들었다.

누군가는 이렇게 물을지도 모른다.

"세상에 그런 점심시간이 어디 있어?"

하지만 정말 이런 분위기였다. 내가 다닌 학교는 도쿄 중심가에 있었는데, 부잣집 아이들만 다니는 세이린 사립 초등학교였다. 뭐, 자랑하려는 건 아니지만.

그런데 지금은…….

"아싸! 햄버그스테이크, 내 거다!"

방정맞은 남학생 목소리가 귀를 찌르는 바람에 나도 모르게 눈살을 찌푸렸다. 소리가 난 쪽을 돌아보자, 마사토가 배식하고 남은 햄버그스테이크를 방금 가위바위보로 쟁취한 모양이었다. 마사토는 마치 개선장군이라도 된 듯 의기양양하게 내 맞은편 자리로 돌아와 앉았다.

"오버하기는. 초딩이냐?"

마사토 옆에 앉은 에모토가 입을 우물거리면서 놀렸다. 믿을 수 없는 광경이었다. 입안에 음식을 넣은 채 말을 하다니! 초등학생 때 식사 예절도 배우지 않은 걸까?

나는 들릴 듯 말 듯 작게 한숨을 내쉬고는 책상 위에 놓인 급식을 내려다보았다. 싸구려 플라스틱 그릇에 담긴 밥과 달걀국, 인스턴트 버섯 소스로 버무린 햄버그스테이크, 그리고 우유 한 갑……. 급식 당번이 조심성 없게 담은 탓에 달걀국 건더기가 식판에 조금 튀었다.

"미키, 왜 그래? 빨리 먹어. 점심시간 다 끝나 가잖아."

옆자리에 앉은 고즈에가 보챘다. 그러고는 다시 행복한 얼굴로 커다랗게 자른 스테이크를 입에 넣었다.

응, 하고 나는 의례적인 웃음을 짓고는 조금 식은 달걀국을 조용히 떠먹었다.

아빠의 수입 가구 사업이 망한 건 내가 세이린 초등학교를 졸업하고 얼마 지나지 않아서였다. 자세한 내용을 듣지는 못했지만 꽤나 심각한 상황인 듯했다. 결국 우리 가족은 흩어져 살기로 했다. 친구 회사에서 일하기로 한 아빠는 도쿄에 그대로 남고, 엄마와 나는 그곳에서 한참 떨어진 외할머니 댁으로 갔다.

모든 일이 눈 깜짝할 사이에 벌어지는 바람에 초등학교 친구들과는 작별 인사도 제대로 나누지 못했다. 한탄하거나 반항할 새도 없이, 곧바로 외할머니 댁 근처에 있는 낡디낡은 건물의 공립 중학교에 입학을 하게 되었다. 그 후로 나는 지금까지 마음을 제대로 추스르지 못한 채 학교에 다니고 있는 중이었다.

바로 다음 주에 기말고사가 있어서 동아리 활동은 없었다. 기말고사는 중간고사보다 시험 과목 수가 더 많아서 이번 주말부터는 제대로 공부를 시작해야 할 터였다. 그런 생각을 하면서 신발을 갈아 신는데 뒤에서 커다란 그림자가 다가왔다.

"미키! 같이 가자."

고즈에였다. 고즈에는 이 학교에서 가장 친하게 지내고 있는 친구였다. 그 덕분에 배구부 동아리도 같이 들어갔다. 취미가 요리일 만큼 먹는 것을 아주 좋아했다. 가끔 남자애들 무리에 섞여서 급식 쟁탈전을 벌이기도 했다.

고즈에는 입학 첫날부터 나한테 친근하게 다가왔다. 단지 자리가 가까워서 그랬는지, 아니면 내가 다른 초등학교 출신이라서 마음을 써 준 건지는 잘 모르겠다. 어쨌든 아는 사람 하나 없는 교실에서 외톨이가 되지 않을 수 있었던 건 모두 고즈에 덕분이었다.

"내일 애들이랑 청소년 회관 독서실에서 시험공부하기로 했는데……. 너도 같이할래?"

집으로 가는 길에 고즈에가 대뜸 이렇게 물었다. 사실 나는 혼자서 공부에 집중하는 편이 훨씬 나았다. 하지만 차마 그렇게 대답할 수가 없었다. 변명거리를 찾느라 머뭇거리는데, 고즈에가 먼저 말을 이었다.

"너, 중간고사 때 영어 시험 엄청 잘 봤잖아. 난 영어를 잘 못하거든. 네가 좀 가르쳐 줬으면 해서."

"초등학생 때 영어 학원에 다녀서 그런가 봐. 그렇게 잘하는 건 아닌데……."

이건 거짓말이었다. 세이린 초등학교에서는 1학년 때부터 영어 수업을 했다. 그래서 그런지, 중학교의 첫 영어 시험은 식은 죽 먹기였다. 하지만 여태껏 그 누구에게도 내가 세이린 초등학교에 다녔다는 말은 하지 않았다. 어쩌다 이 중학교에 입학하게 되었는지도. 괜한 동정을 받고 싶지는 않았으니까.

나는 고즈에의 부탁을 마지못해 수락했다.

"그럼 내일 10시에 청소년 회관 앞에서 봐. 혹시 어딘지 모르면, 내가 너희 집으로 데리러 갈까?"

"아니, 괜찮아. 그럼 내일 거기서 봐."

공부에 집중하기는 틀렸다. 하지만 하는 수 없었다. 단칼에 거절했다가 고즈에와 어색해지고 싶지는 않으니까. 그런 생각을 하면서 걷다 보니 어느새 집에 도착했다. 올해 봄부터 지낸 외할머니 집은 지은 지 육십 년 된 2층짜리 목조 주택이었다.

"다녀왔습니다."

삐거덕거리는 현관문을 열자, 외할머니가 마중을 나왔다. 엄마는 이번 달부터 집 근처 슈퍼마켓에서 캐셔 일을 시작했다. 그래서 엄마가 돌아올 때까지는 외할머니와 나, 단둘뿐이었다.

"우리 미키, 어서 와. 밖에 덥지? 시원한 주스 한잔 마실래?"

초등학생을 어르는 듯한 말투. 외할머니는 아직도 나를 마냥 어린아이로 생각하는 모양이었다. 내가 외할머니를 여전히 남이라고 느끼는 것처럼.

"이따가 마실게요. 감사합니다."

나는 어색하게 웃으며 대답한 뒤 내 방으로 향했다. 그리고 방문을 꼭 닫은 다음, 참았던 한숨을 길게 내쉬었다. 이곳에서 지낸 후로 혼자 있을 때면 습관적으로 한숨을 쉬었다.

내 방에선 퀴퀴한 냄새가 났다. 원래 엄마의 남동생, 그러니까 얼굴도 기억나지 않는 외삼촌이 쓰던 방이었다. 벽 곳곳에는 외삼촌이 어릴 적에 그려 놓은 낙서가 남아 있었고, 만화 캐릭터 스티커가 덕지덕지 붙어 있었다.

여기로 이사를 온 지도 벌써 삼 개월이 다 되었다. 그런데 시간이 지나면 지날수록 한 가지 생각이 점점 더 또렷해지고 있었다. 여기는 내가 있을 곳이 아니라는 것. 이 방과 집, 그리고 학교까지 전부! 이 생각은 앞으로도 절대 사라지지 않을 터였다.

책상 앞에 앉아 가방에서 휴대폰을 꺼냈다. 벌써 여러 해 동안 사용해 온 유치한 디자인의 피처폰이었다. 중학생이 되면 스마트폰으로 바꾸기로 했는데 그 약속도 흐지부지되었다. 하지만 지금은 이 휴대폰만이 내가 진짜 있어야 할 곳과 연결해 주는 유일한 도구였다.

전원을 켜고 문자 메시지를 확인했다. 초등학교 친구들한테서 연락이 와 있기를 내심 기대했지만, 새로 온 메시지는 단 한 통도 없었다. 요즘 들어 메시지 오는 횟수가 점점 줄어들었다. 내가 먼저 보내 볼까? 그랬다가 답장이 안 오면? 한참 망설이고 있는데, 갑자기 방문이 벌컥 열리더니 외할머니가 쓱 들어왔다.

“미키, 공부하니? 거실에서 간식 좀 먹고 할래?”

제발 노크 좀 하고 들어오세요, 나는 그렇게 말하고 싶은 걸 꾹 참고 밝은 목소리로 대답했다.

“네, 나갈게요.”

기말고사 공부를 위해서 청소년 회관에 모인 사람은 나와 고즈에 말고도 세 명이 더 있었다. 소년 만화를 좋아하는 도모카, 부끄럼이 많은 모모, 그리고 도통 어디로 튈지 모르는 사와무라. 우리 다섯 명은 모두 같은 반이었다.

독서실에 들어가 공부를 시작한 지 삼십 분쯤 지났을까? 고즈에는 배가 고파서 집중이 안 된다며 책상 위에 엎드려 버렸고, 도모카는 공책에다 만화를 그리느라 여념이 없었다. 모모는 독서실 옆에 있는 도서실에 가서 돌아올 생각을 하지 않았다. 사와무라는 스마트폰으로 으스스한 심령 사진을 보는 데 빠져 있었다.

취미도 성격도 서로 다른 친구들이 어떻게 늘 같이 다니는 걸까? 가끔은 의아하기도 했다. 어쩌면 고즈에가 친구들 가운데서 중심을 잘 잡고 있기 때문일지도 몰랐다.

이런 분위기에서 혼자만 계속 공부를 하는 것도 조금 튈 것 같았다. 그래서 나도 짐짓 교과서를 덮었다. 잠깐 휴식을 취할 겸 도서실을 구경하러 갔다. 여기서 못다 한 공부는 집에 가서 밤을 새서라도 끝을 낼 셈이었다.

도서실 안쪽으로 들어가자, 모모가 어린이 서가 앞에 서서 동화책을 읽고 있었다. 얼마나 집중을 했는지 내가 다가온 것도 모르는 듯했다. 좀 더 가까이 가자, 그제야 인기척을 느끼고서 화들짝 놀라 소리를 꽥 질렀다.

"아휴, 깜짝이야!"

그러고는 재빨리 등 뒤로 책을 감췄다.

"그, 그게, 그러니까……. 휴, 중학생이 아직도 동화를 좋아하면 좀 이상해 보이지?"

"아니, 안 그런데? 그 책, 재미있어 보이는걸. 그림도 귀엽고."

나는 다급하게 손을 내저었다. 그러자 모모는 금세 얼굴이 밝아

지더니 책장에서 책을 한 권 뽑아 내밀었다. 조금 전까지 읽고 있던 동화 시리즈의 첫 번째 권인 모양이었다.

"그럼, 이거 한번 읽어 볼래……?"

"아, 응! 고마워. 기말고사 끝나면 빌려 볼게. 지금 빌려 가면 시험 공부 안 하고 읽을 것 같아서."

그 말에 모모가 수줍게 웃었다. 그때 어디선가 인기척이 났다. 뒤를 돌아보자 어느 틈엔가 사와무라가 와 있었다. 사와무라는 꽤 두꺼운 SF 소설을 책장 위에 탁 내려놓았다.

"초심자용, 추천!"

그러고는 무심한 얼굴로 나를 향해 엄지손가락을 치켜세웠다.

"너희, 여기서 뭐 해? 미키한테 책 추천해 주는 거야?"

사와무라 뒤에서 도모카가 얼굴을 빼꼼 내밀었다. 도모카는 다른 책장으로 가 한참을 뒤적거리더니 "있다, 있어!" 하고 대뜸 소리를 질렀다. 알록달록한 표지의 책을 가져와 SF 소설 위에 올려놓았다. 평소에 자주 이야기하던 소년 만화의 소설 버전 같았다.

"이거 읽어 봐. 재미있다고 하면 원작 만화를 빌려 줄게. 70권인데 다 갖고 있거든."

"그럼 나는 이거."

그때 고즈에가 슬그머니 나타나 최고의 디저트를 소개하는 책을 턱 하고 올려놓았다. 그 상황이 재미있어서 나도 모르게 그만 푸하하 웃고 말았다.

"뭐야, 그 반응은?"

고즈에가 볼멘소리를 하자 도모카가 장난스럽게 놀렸다.

"네 먹성에 놀라서 그러는 거잖아. 그치? 미키."

"하하! 그게 아니라, 골라 온 책마저 고즈에답다는 생각이 들어서……."

"뭐라고?"

고즈에는 짐짓 얼굴을 찌푸리는 척하더니, 더는 참을 수 없는지 금방 웃음을 터뜨렸다.

나는 꺄르르 웃는 친구들의 얼굴을 보면서 가끔 이렇게 시간을 보내는 것도 나쁘진 않다는 생각이 들었다. 비록 공부는 하나도 못 했지만. 나는 친구들을 따라 웃으며 고즈에가 가져온 책을 휘리릭 넘기다가 무언가를 보고선 돌연 손을 멈추었다.

고급스러운 접시 위에 바바루아(과일, 우유, 달걀, 젤라틴 등으로 만든 프랑스 과자. 푸딩과 비슷하다.)가 놓인 사진이 실려 있었다. 눈처럼 새하얀 바바루아 주변에 색색의 별사탕이 콕콕 박혀 있었고, 접시 가장자리에는 붉은색 소스가 멋스럽게 흩뿌려져 있었다.

"와, 맛있겠다. 한 번만 먹어 봤으면."

고즈에가 사랑에 빠진 듯한 목소리로 중얼거렸다. 하지만 나는 맞장구를 칠 수 없었다. 이미 먹어 봤으니까. 작년 가을에 도쿄의 고급 레스토랑에서.

도쿄에 살 때는 가끔씩 고급 레스토랑에서 외식을 했다. 불과 수 개월 전까지만 해도 내 일상이었는데, 지금은 그 모든 게 아주 먼 옛날 일처럼 느껴졌다. 그래서일까? 괜스레 울적해졌다.

바로 그때, 도모카가 갑자기 큰 소리로 말했다.

"어머, 저게 뭐야? 대나무잖아!"

도모카의 손길을 따라 눈을 돌리자, 청소년 회관 로비에 직원들이 대나무를 설치하고 있는 게 보였다. 7월 칠석(일본에서는 '다나바타'라고 부르며, 소원을 적은 종이를 대나무에 매다는 풍습이 있다.)을 맞이해 소원 적기 이벤트를 하는 모양이었다.

직원이 우리에게 종이를 내밀었다.

"너희도 소원 적을래? 그러면 너희가 일등으로 매다는 거야."

"네, 할래요! 와, 이거 진짜 오랜만이다!"

친구들은 종이를 받아 들고서 왁자지껄하게 떠들며 소원을 적기 시작했다. 고즈에는 '모두를 행복하게 만드는 요리사가 되고 싶어요.'라고 적었고, 도모카는 '만화 〈바이스 브레이드〉 시리즈가 끝나지 않게 해 주세요.'라고, 모모는 '동화 작가가 되고 싶어요.'라고 썼다. 사와무라는 아주 간략하게 '미지와의 조우'라고만 적었다. 사와무라다웠다.

"자, 다음은 미키 차례야."

"어, 난 지금 생각나는 게 없어서……. 나중에 적을게."

"헐, 설마 우리한테 소원 안 알려 주려고 그러는 거야? 치사해!"

고즈에가 장난스럽게 물었다. 다른 친구들도 몹시 궁금한 듯한 표정이었다. 하지만 나는 절대로 말할 수가 없었다.

내 소원은 단 하나, 도쿄로 돌아가는 것이니까. 초등학교 친구들과 함께 세이린 중학교에 다니고 싶었다. 지난봄까지 살던 아파트에서, 예전처럼. 그게 내 유일한 소원이었다. 고즈에를 비롯해서 다른 친구들에게는 미안한 얘기지만, 나는 지금 이 상황에 도무지 익숙해지지가 않았다. 아니, 익숙해지고 싶지 않았다.

……이런 집착이 결국 아무 의미가 없다는 걸 알지만.

고즈에가 이상하다고 느낀 건 기말고사 다음 날이었다.

그날 고즈에는 아침 인사를 나눌 때부터 왠지 모르게 무뚝뚝하고 서먹서먹했다. 다른 날처럼 먼저 말을 걸지도 않았고, 오히려 나를 피하는 듯한 느낌마저 들었다. 시험 결과가 안 좋아서 기분이 나쁜 걸까? 그런데 도모카와 모모, 사와무라에게는 평소와 똑같이 행동했다. 분명 나한테만 화가 나 있는 것 같았다. 대체 왜? 나는 고즈에가 마음 상할 만한 행동을 한 기억이 없는데.

어영부영 시간이 흘러 점심시간이 되었다. 점심시간엔 항상 우울해졌다. 세이린 초등학교의 급식과 자꾸만 비교를 하게 되는 건 어쩔 수 없었다. 게다가 오늘은 옆자리에 앉은 고즈에까지 신경 쓰여서 짜증이 훅 치밀었다.

급식으로 나온 프라이드치킨은 얼핏 봐도 퍼석퍼석했고, 야채수프 위에는 기름이 둥둥 떠 있었다. 입맛이 뚝 떨어졌다. 마지못해 맨 빵만 조금씩 뜯어 먹고 있는데, 맞은편에 앉은 마사토가 살가운 척을 하면서 다가왔다.

"저기, 미키. 그거 안 먹을 거면 나 줄래? 치킨 말이야."

프라이드치킨은 이 학교에서 엄청 인기 있는 메뉴인 듯했지만, 나는 하나도 아깝지 않았다. 심드렁하게 고개를 끄덕였다.

"그래, 먹어."

"저, 정말? 정말로?"

마사토가 깜짝 놀라 되물었다.

"나 준다고? 프라이드치킨이야, 프라이드치킨! 너, 주고서 후회하기 없기다!"

자기가 달라고 해 놓고선 왜 저렇게 법석인지. 나는 마사토 목소리가 시끄러워서 인상을 찌푸렸다. 그런데 그때 옆에서 심술궂은 목소리가 날아와 귀에 꽂혔다.

"우리 학교 급식이 그렇게 싫어?"

고개를 휙 돌리자 고즈에가 나를 노려보고 있었다. 나는 너무 당황해서 말을 더듬었다.

"그, 그게 아니라 입맛이 좀 없어서……."

"억지로 거짓말할 필요 없어. 너, 부잣집 애들이 다니는 학교의 고급 급식만 먹어서 이런 싸구려 급식은 안 먹고 싶은 거 아냐?"

나는 귀를 의심했다. 고즈에가 그걸 어떻게……. 머릿속이 혼란스러워 아무런 대꾸도 못 하고 있는데, 그 소리를 들은 도모카가 호들갑을 떨며 다가왔다.

"어머, 그게 무슨 말이야? 미키가 그렇게 엄청난 초등학교를 다녔어? 미키! 그동안 왜 말 안 했어?"

"아! 알겠다. 혹시, 야반도주?"

마사토가 장난스럽게 눈을 찡긋했지만, 나는 흠칫 어깨를 떨었다. 요동치는 마음을 간신히 추스르고 태연한 척 입을 열었다.

"……여기로 이사 온 건 부모님께 사정이 생겨서야. 싸구려 급식을 안 좋아하는 건 사실이고. 그러니까 먹고 싶은 게 있으면 얼마든지 가져가."

내가 싸늘한 목소리로 말하자, 마사토는 당황한 표정으로 "그, 그래. 땡큐." 하고는 잽싸게 프라이드치킨을 집어 자리로 돌아갔다. 나는 입술을 꽉 깨물고 고즈에를 노려보았다. 고즈에는 나를 잠깐 노려보다가 이내 시선을 떨어뜨렸다.

수업이 모두 끝나 텅 빈 교실에 나와 고즈에 둘만 남아 있었다. 나는 고즈에에게 따지듯이 말했다.

"어떻게 알았어?"

고즈에는 어깨를 한껏 움츠리고 앉아 있었다. 아까 보았던 날카로움은 사라지고 없었다. 한참 동안 아무 말이 없다가, 다 기어 들어가는 목소리로 대답했다.

"……네 외할머니께 들었어. 너희 외할머니랑 우리 할머니랑 친구셔, 넌 모르겠지만. 그래서 가끔 우리 집에 놀러 오셔. 봄 방학 때 네 얘기를 해 주셨어. 외손녀가 내려와 함께 살 건데, 같은 반이 되면 친하게 지내라고."

말도 안 돼, 나도 모르게 이렇게 말할 뻔했다. 아빠 사업이 망해서 여기로 이사 오게 됐다는 사실을 학교 애들이 알게 되면 내가 얼마나 비참한 기분이 들지 외할머니는 전혀 생각하지 못한 걸까? 나는 수치심에 얼굴이 확 달아올랐다. 하지만 목소리가 떨리는 걸

들키고 싶지 않아서 최대한 덤덤하게 말했다.

"뭐야? 그럼 넌 처음부터 나를 불쌍하게 생각했다는 거잖아. 그래서 친절하게 굴었던 거야?"

"아니, 그게 아니라……."

나는 고즈에를 힘껏 노려보았다. 그렇게라도 하지 않으면 분해서 눈물이 나올 것 같았다. 내가 공립 중학교 애한테 동정을 받고 있었다니! 정말이지 견딜 수 없는 굴욕이었다.

"그런데 왜 이제 와서 말하는 거야? 너, 아침부터 나한테 계속 화나 있었잖아? 도대체 내가 뭘 잘못했어?"

"……네가 그렇게 적었잖아!"

"뭘 적어?"

나는 무슨 말인지 알 수 없어 눈살을 찌푸렸다. 그러자 고즈에가 비난 어린 눈초리로 나를 쏘아보았다.

"청소년 회관 로비에 있는 대나무 말이야. 거기에 네가 그렇게 적어서 종이를 매달았잖아. 세이린으로 돌아가고 싶다고!"

아, 그것 때문이구나. 나는 작게 한숨을 내쉬었다.

그날 나는 친구들과 헤어진 다음에 청소년 회관으로 몰래 돌아가 종이에다 소원을 적었다. '세이린으로 돌아가게 해 주세요.'라고. 이루어지지 않는다는 걸 알면서도 왠지 그렇게 적고 싶었다.

대나무에 종이를 매달면서 아무도 모를 거라고 안일하게 생각했던 게 잘못이었다.

고즈에는 고개를 떨군 채 말을 이었다.

"그 종이를 보는 순간 정말 서운했어. 이제 너랑 진짜 친구가 되었다고 생각했는데, 넌 계속 옛날 학교로 돌아가고 싶어 한다는 걸 알았으니까. 우린 아무것도 아니었구나, 그런 생각이 드니까 화가 나서 나도 모르게 그만……."

고즈에의 목소리가 파르르 떨렸다. 진짜로 마음의 상처를 받은 듯했다. 천천히 고개를 드는 고즈에의 눈에 눈물이 그렁그렁 맺혀 있었다. 하지만 나는 모른 척하며 등을 돌렸다.

"그래, 알았어. 갈게."

나는 서둘러 교실에서 나왔다. 도모카가 복도에서 엿듣고 있다는 걸 알고 있었지만 굳이 신경 쓰지 않았다. 학교 건물 밖으로 나와 한참을 걸은 뒤, 고즈에가 쫓아오지 않는 걸 확인하고서야 안도의 한숨을 내쉬었다.

아까부터 코끝이 찡했지만 눈물 한 방울 흘리지 않고 잘 참아 내었다. 절대로 울지 않을 거다. 오늘 동아리 활동은 빼먹기로 했다. 고즈에뿐만 아니라 다른 친구들 얼굴도 마주할 자신이 없었다.

집에 들어가자 현관 앞에서 꽃에 물을 주던 외할머니가 나를 보고 활짝 웃었다. 오늘 내가 무슨 일을 겪었는지도 모르고…….

"어머, 어서 와. 오늘은 일찍 왔네?"

"외할머니! 왜 제 얘기를……."

나는 다짜고짜 따지려다가, 입술을 꽉 깨물며 말을 삼켰다. 지금 참지 않으면 모두에게 상처가 될 말을 해 버릴 것만 같았다. 어리둥절해하는 외할머니를 말없이 노려보다가 그냥 방으로 들어와 버렸다.

가방을 바닥에 홱 내동댕이치고 낡은 매트리스 위에 쓰러지듯 누웠다. 쿰쿰한 먼지 냄새가 거슬려서 입으로 가만히 숨을 쉬었다.

교실을 나오기 직전에 본 고즈에 얼굴이 떠올랐다. 그때 고즈에는 아마 나에게 사과하려고 했을 것이다. 됐어, 사과 같은 거 안 받아도 돼. 누가 사과하게 내버려 둘 줄 알고? 이제 더는 친구인 척 안 해도 되잖아.

"……그래, 차라리 홀가분해."

나는 소리 내어 중얼거렸다. 하지만 머릿속에선 자꾸 고즈에와 친구들의 얼굴이 떠올랐다. 교실에서 시간 가는 줄 모르고 수다를 떨었던 일, 청소년 회관 도서실에서 추천한다며 겹겹이 쌓아 올리던 책들, 왁자지껄하게 떠들며 종이에 소원을 적던 순간들도…….

"아니, 아니야!"

나는 대뜸 소리를 질렀다. 그저 낯선 학교에서 외톨이가 되고 싶지 않아서 잠깐 어울렸을 뿐이다. 진심으로 친해지고 싶었던 건 아니다. 내 진짜 친구들은 세이린에 있으니까.

누운 채로 책가방을 뒤적여 휴대폰을 꺼냈다. 전원을 켠 다음 화면을 물끄러미 바라보았다. 하지만 새로 온 메시지는 없었다.

세이린 중학교의 기말고사는 7월이니까, 지금쯤 모두 시험 공부를 하느라 바쁠 것이다. 그래서 메시지를 보낼 틈도 없겠지. 분명 그래서일 거다.

나는 스스로를 타일렀다, 꼴사나울 만큼 필사적으로.

다음 날부터 나는 혼자가 되었다. 정확히는 스스로 혼자가 되는 걸 선택했다. 교실에서도, 동아리에서도 철저히 혼자였다. 그 누구와도 어울리지 않았다. 가끔 고즈에가 말을 걸려는 듯 보였지만 끝까지 모른 척했다. 도모카와 모모, 사와무라는 아예 말을 걸지 않았다. 내가 쌀쌀맞은 분위기를 풍겼기 때문이리라.

그 애들은 원래 고즈에 친구들이었다. 고즈에와 사이가 틀어진 마당에 굳이 나와 친하게 지낼 이유가 없었다. 차라리 속이 시원했다. 아무도 신경 쓸 필요 없으니까!

하지만 그런 기분도 잠시뿐이었다.

나는 어릴 적부터 친구들에게 둘러싸인 채 자라 왔다. 이 학교로 전학 온 뒤에도 고즈에와 바로 친해졌다. 그러니까 단 한 번도 혼자인 적이 없었던 거다. 스스로 외톨이를 자처한 뒤에야 혼자라는 게 얼마나 쓸쓸한지 깨달았다.

외톨이로 지내는 시간은 하루하루 참 더디게 흘렀다.

어느덧 7월 7일이 되었다. 학교 급식에 후식으로 다나바타를 기념하는 젤리가 나왔다. 이렇게 낡은 공립 중학교에서도 다나바타는 챙기는 모양이었다. 종이컵에 담긴 하얀색 젤리 위에 작은 별 모양 젤리가 두 개씩 토핑으로 올라가 있었다.

"……완전 싸구려."

나는 작게 중얼거렸다. 내가 작년에 먹었던 다나바타 젤리는, 하고 떠올리려다가 지겨워져서 관두었다. 사실은 알고 있다, 이제는 인정해야 한다는 걸. 아무리 바라고 원해도 나는 세이린으로 돌아가지 못할 테니까. 그러니까 이렇게 일일이 그때와 지금을 비교하는 건 아무 의미 없을뿐더러 오히려 괴롭기만 한 일이었다.

나는 한숨을 폭 쉰 다음 딸기잼 봉지를 들었다.

그때 고즈에가 저기, 하고 말을 걸었다. 내 의지와 다르게 반사적으로 고개가 돌아갔다. 고즈에는 내 표정을 잠깐 살피더니 조심스럽게 말했다, 내 다나바타 젤리를 가리키면서.

"그거, 나 줄래?"

하도 어이가 없어서 헛웃음이 나왔다. 말도 나오지 않았다. 그 기막힘은 곧 짜증으로 바뀌었다. 나는 대답 없이 내 젤리 컵을 고즈에의 책상에 거칠게 내려놓았다. 고즈에가 작은 목소리로 고맙다고 말했지만 못 들은 척했다.

세상에, 아무리 먹성이 좋다고 해도 그렇지. 나한테 어떻게 젤리를 달라는 말을 할 수 있을까? 그날 이후로 우리는 단 한 마디도 나누지 않았는데! 나는 신경질적으로 딸기잼 봉지를 뜯었다. 그러자 잼이 팍 하고 사방으로 튀었다. 제대로 되는 게 하나도 없다는 생각이 들면서 화가 머리끝까지 뻗쳤다.

……하지만 화는 금방 가라앉았다. 왜 그렇게 퉁명스럽게 줬을까? 그냥 아이참, 하고 멋쩍게 웃으면서 건넸으면 고즈에와 화해했을지도 모르는데. 사실은 고즈에가 먼저 말 걸어 주길 기다렸으면서. 도모카와 모모와 사와무라와 같이 웃고 떠들고 싶었으면서.

어느새 나는 후회하고 있었다. 더는 오기를 부리며 버틸 수 없었다. 모두와 다시 친하게 지내고 싶었다. 발가벗겨진 기분이었지만, 이게 솔직한 심정이었다.

고즈에가 내 비밀을 폭로한 건 분명하지만, 따지고 보면 처음부터 내가 잘못한 거다. 어떤 이유이든 간에 고즈에는 내게 먼저 다가와 주었고 또 잘해 주었으니까. 다른 지역에서 온 내가 덩그러니 혼자가 되지 않도록 도와주었으니까. 그런데 내가 괜한 자존심을 내세우면서 허세를 부린 거다. 고작 세이렌 초등학교에 다녔다는 자만심 때문에. 고즈에에게 상처나 주면서…….

그러면서도 고즈에에게 먼저 다가가지 못하는 나 자신이 정말 싫었다. 그새 눅눅해진 식빵도 먹고 싶지 않았다. 책상 밑으로 두 손을 내린 채 꽉 마주 잡고 있는데, 주변에서 들리던 떠들썩한 소리가 점점 멀어지는 듯한 느낌이 들었다.

이제 내 옆에는 아무도 없는 건가 보다. 순간, 눈물이 나려 했다. 울먹이는 소리가 새어 나갈까 봐 입술을 꽉 깨물었다. 그런데 그때, 고즈에가 내 이름을 다정히 부르는 소리가 들렸다.

"미키."

고즈에 쪽으로 고개를 돌리면서, 나도 모르게 다시 모난 표정을 짓고 말았다. 속으로 금방 후회했지만 이미 소용없었다. 그런데 고즈에가 손에 들고 있는 접시를 보는 순간, 일부러 지은 화난 표정이 제멋대로 풀어져 버렸다.

접시에는 다나바타 젤리가 놓여 있었다. 젤리 주변에는 별 모양 토핑이 아기자기하게 박혀 있었고, 접시 주변에는 딸기잼이 세련된 모양으로 뿌려져 있었다. 낯익은 장식이었다. 기말고사 공부를 하러 청소년 회관에 간 날, 고즈에가 골라 온 디저트 책에서 봤던 바바루아 사진과 똑같았다.

마사토가 고즈에 옆으로 다가오며 호들갑을 떨었다.

"우아, 대박! 무슨 젤리가 그렇게 화려하냐!"

그러자 도모카가 마치 자기가 한 것처럼 으스댔다.

"대박이지? 고즈에 셰프의 스페셜 디저트, 다나바타 젤리야."

고즈에는 머뭇거리면서 젤리 접시를 내게 내밀었다.

"미키……. 이거, 너 주려고……."

"뭐? 왜 나한테……."

"그때 일, 사과하고 싶어서……. 너, 엄청 화났잖아. 어떻게 사과하면 좋을지 몰라서 애들이랑 의논했어. 그랬더니 도모카가 이런 아이디어를 내주어서……."

고즈에가 옆에 있는 도모카를 곁눈질했다. 그러자 도모카가 의기양양한 얼굴로 말했다.

"그냥 친구들끼리 싸운 건데 선물을 사 주는 건 좀 아닌 것 같고. 그래서 이것저것 생각해 봤는데, 저번에 네가 그 고급 디저트 사진을 엄청 열심히 봤잖아. 그래서 이런 건 좋아하지 않을까 했지."

나는 할 말을 잃고 다시 고즈에를 쳐다봤다. 고즈에는 고개를 숙이고 나한테 사과했다.

"지난번 일은 정말 미안해. 네가 힘들어한다는 거 뻔히 알면서, 나 혼자 화가 나서 네가 비밀로 하고 싶은 걸 얘기해서……."

"아니, 아니야. 네가 뭘 잘못했다고 사과를 해?"

나는 바로 그렇게 말했다. 하지만 고즈에는 다시 한번 사과하면서 내게 젤리 접시를 내밀었다.

"아니야. 내가 너한테 주고 싶어서 그래. 그러니까 받아 줘."

나는 주저하면서 그 접시를 받았다. 하얀색 젤리 위에 별 모양 토핑이 모두 열 개 박혀 있었다. 원래 토핑은 젤리 한 개당 두 개였다. 그러고 보니 고즈에와 도모카의 젤리에는 토핑이 보이지 않았다. 고개를 돌리자 모모가 수줍게 미소를 지었다. 사와무라는 평소처럼 무표정한 얼굴로 엄지를 치켜세웠다. 나는 더는 눈물을 참을 수가 없었다.

"어때, 미키? 예전 학교에서도 이런 디저트는 본 적 없지?"

도모카가 장난스러운 말투로 물었다. 나는 응, 하고 고개를 끄덕였다. 당연하다. 이 세상 그 어떤 학교에서도 이렇게 특별한 디저트는 볼 수 없을 거다.

"고마워. 그리고…… 미안해."

그동안 차마 하지 못했던 그 말이 내 입에서 자연스럽게 흘러나왔다. 얼룩진 시야로 안심한 듯 미소 짓고 있는 고즈에 얼굴이 들어왔다.

마사토가 짐짓 장난스럽게 물었다.

"미키! 그거, 내 거랑 바꿀래?"

"……싫어. 이건 절대 안 줘."

나는 눈물이 뒤엉킨 미소로 대답하고 젤리를 한 숟갈 떠서 딸기 잼 소스를 찍은 뒤 입안에 넣었다. 새콤달콤한 맛과 차가운 식감이 입안으로 퍼져 나갔다. 나는 아주 천천히, 조심스럽게 그 맛을 음미했다.

"……맛있어."

이 학교에 온 뒤로 급식이 맛있다고 느낀 건 처음이었다.

오늘 동아리가 끝나면, 하고 생각했다. 오늘 동아리가 끝나면 청소년 회관에 들러 대나무에 소원을 새로 써서 매달 거다. 그리고 도서실에서 친구들이 추천해 준 책도 빌려 읽어야지.

나는 다나바타 젤리 주변에 장식된 별 모양의 토핑은 바라보며 그렇게 마음먹었다.

마파두부

보드랍고 달달한 성장의 맛

이건 전부 마파두부 때문이다.

그날 저녁, 가족들과 정통 중화요리 식당으로 외식을 하러 갔다. 가장 먼저 나온 음식은 김이 모락모락 나는 마파두부였다. 나는 마파두부를 한 숟갈 크게 떠먹었다가 그대로 굳어 버렸다.

비프스튜처럼 까매서 별로 매워 보이지 않았는데, 완전 착각이었다. 그건 단순히 매운 정도가 아니었다. 입안에서 불이 나는 것처럼 뜨거운 데다 아프기까지 했다! 게다가 온몸에 땀이 솟구쳤다.

차마 다시 뱉어 낼 수가 없어서 죽을힘을 다해 간신히 목구멍으로 넘겼다. 그리고 물을 마시려고 급하게 손을 뻗다가 그만 언니에게 물을 쏟고 말았다.

"야! 무슨 짓이야!"

옷이 흠뻑 젖은 언니가 소리를 빽 질렀다. 하지만 나는 대답할 정신조차 없어서 손으로 입을 틀어막고 끙끙댔다. 다행히 엄마가 다른 물컵을 건네 주어서 단숨에 들이켰다. 아, 살았다. 그제야 겨우 한숨 돌리는데, 언니가 싸늘한 목소리로 말했다. 그 맵디매운 마파두부를 아무렇지도 않은 얼굴로 먹으면서.

"이 정도 가지고 야단은. 역시 넌 아직 어린애야."

언니의 가시 돋친 말에 나는 금세 움츠러들고 말았다. 언니가 심술궂은 건 어제 오늘 일이 아닌데, 왠지 그 말이 그날따라 훨씬 더 아프게 비수처럼 날아와 꽂혔다. 눈물이 핑 돌았다. 속상해서 그런 건지, 마파두부가 매워서 그런 건지 모르겠지만.

"그래, 모모. 이제 중학생이니까 이 정도 매운 맛은 먹을 줄 알아야지."

술기운이 오른 아빠가 불쾌해진 얼굴로 언니 말에 맞장구를 쳤다. 내가 풀이 죽어 시무룩해하자 엄마가 아빠를 나무랐다.

"쓸데없는 말은! 모모는 장이 약해서 너무 매운 거 먹으면 안 돼. 자, 모모. 마파두부는 이제 그만 먹어."

엄마는 다른 음식이 담긴 접시를 들어 내 앞으로 가져다 놓았다. 하지만 입천장이 홀라당 까지고 혀가 얼얼해져서, 어떤 요리를 먹어도 더 이상 맛을 느낄 수 없었다.

마파두부 탓인지, 다음 날 아침이 되어도 계속 배가 아팠다.

엄마가 아침으로 부드러운 죽을 끓여 주었다. 속을 따뜻하게 채운 덕분에 쓰렸던 배가 조금 나아졌다. 학교에 갈 준비를 하다가, 문득 책상 위에 올려놓은 책을 보았다.

'새끼 너구리 포클의 레스토랑' 시리즈의 가장 신간이었다. 숲속 레스토랑에서 셰프로 일하는 너구리 포클이 매번 다양한 요리로 손님들을 미소 짓게 만드는 이야기인데, 초등학교 중학년용으로 나온 동화였다. 사실은 여기에 마파두부 이야기가 나와서, 어제 정통 마파두부를 먹어 보겠다고 호기를 부린 것이었다.

나는 항상 동화책만 읽는다. 가끔은 이제 중학생이니까 나이에 걸맞게 소설을 읽어야 하는 것 아닐까, 하는 생각이 들기도 한다. 하지만 역시 소설보다 착하고 따뜻한 이야기에 귀여운 그림이 많이 들어 있는 동화가 훨씬 더 좋다.

포클 시리즈는 내가 가장 좋아하는 동화책 중 하나인데, 단숨에 읽기가 아까워 하루하루 아끼면서 시간을 끌다 보니 도서관 반납일이 어느새 코앞으로 다가와 버렸다. 학교에서 마저 읽어야겠다고 생각하면서 책을 집으려다가, 문득 어제 언니가 했던 말이 떠올랐다. 그 심술궂은 목소리…….

"역시 넌 아직 어린애야."

나는 잠시 망설이다가 힘없이 팔을 떨어뜨렸다. 오늘은 동아리 활동도 없으니까, 이따가 집에 와서 읽은 다음 도서관에 반납하러 가야겠다. 나는 책을 책상 위에 둔 채 가방을 메고 집을 나섰다.

길을 막 걷기 시작했을 때였다. 다 읽지 못한 포클 이야기가 눈앞에 아른거려 멍하니 걷다가, 하마터면 옆골목에서 튀어나온 사람과 부딪칠 뻔했다.

"으악!"

"미, 미안……. 아, 뭐야? 다카나시 모모구나."

그 소리에 고개를 번쩍 들자, 키가 큰 남학생이 못마땅한 얼굴로 나를 내려다보았다. 근처에 사는 같은 반의 미쓰루였다. 미치하시 미쓰루, 나와는 유치원 때부터 친구였다. 어릴 때는 미쓰루와 함께 자주 책을 읽었다. 미쓰루도 나만큼이나 동화책을 좋아해서, 우리는 책을 다 읽은 다음에 항상 서로의 감상을 나누곤 했다.

하지만 그건 벌써 2년 전 얘기다.

"아, 안녕? 미치하시."

예전처럼 이름으로 부르면 화낼 것 같아서, 나는 익숙하지 않은 성을 부르며 어색하게 인사했다. 미쓰루는 골이 난 얼굴로 들릴 듯 말 듯하게 안녕, 하고 대답했다.

5학년 때 다른 반이 되면서부터 미쓰루는 조금씩 변해 갔다. 무엇보다 나랑 엇비슷했던 키가 쑥쑥 자라서 이제는 고개를 꺾어 올려다봐야 할 정도였다. 얼굴선도 굵직해져서 완전히 어른이 된 것 같았다. 성격은 무뚝뚝해진 데다 분위기가 차가워져서, 점점 다가가기가 어려워졌다. 중학교에 와서 다시 같은 반이 되었지만 대화를 나누는 일은 거의 없었다.

미쓰루는 빠른 걸음으로 성큼성큼 앞서갔다. 나는 곧바로 뒤쫓았지만 미쓰루의 걸음을 따라잡기에는 버거웠다. 나와 미쓰루의 거리는 점점 벌어졌다. 5학년 중간 즈음까지만 해도 종종 같이 등교하기도 했는데.

나는 멀어지는 미쓰루의 등을 멀거니 바라보았다.

2학기가 되면서 자리를 바꾸었다. 나는 미키와 도모카와 같은 모둠이 되었다.

이번 주는 우리 모둠이 급식 당번이었다. 셋이 함께 급식실에 내려가 급식통을 가져올 때, 나는 어제저녁에 먹은 마파두부 이야기를 꺼냈다.

"아, 그 식당 나도 가 봤어. 거기 마파두부 맛있잖아."

도모카 말에 나는 "말도 안 돼!" 하고 소리를 치고 말았다.

"너무 맵기만 해서 무슨 맛인지 하나도 모르겠던걸. 난 완전 사양이야. 그것보단 급식으로 나오는 마파두부가 훨씬 더 맛있어."

"에이, 그건 아니다. 미키, 넌 어때?"

식기 바구니를 들고 앞서가던 미키가 글쎄, 하고 우리 쪽을 돌아 보았다. 미키는 중학교에 오기 전까지 부잣집 아이들이 다니는 유명한 사립 초등학교에 다녔다고 했다. 그 때문인지 늘 품위가 있고 성숙한 분위기를 풍겼다. 그런 모습이 가끔은 부럽기도 했다.

"나도 급식 마파두부는 그저 그래. 너무 달아서 마파두부 같지가 않거든."

"하지만 엄청 매웠다니까!"

내가 억울한 표정으로 호소하자, 도모카가 장난스럽게 말했다.

"모모, 너도 어른이 되면 분명 본고장의 맛을 알게 될 거야."

어른이 되면……, 그 말에 나는 마음 한구석이 콱 미어지고 말았다. 도모카에게 악의가 없다는 걸 잘 알기 때문에 그냥 정말 그렇게 될까, 하고 어설프게 미소를 지었다.

하지만 반 애들에게 배식하는 일이 다 끝날 때까지도 도모카의 말은 여전히 내 가슴속에 깊숙이 걸려 있었다. 그리고 어제저녁에 언니와 아빠가 했던 말도.

사실은 중학생이 된 뒤로 내내 신경 쓰고 있는 부분이었다. 일부러 아무렇지 않은 척했지만……. 친구들에 비해 내가 너무 어린애 같다는 생각을 떨칠 수가 없었다.

중학생이 되자 친구들이 모두 갑자기 어른처럼 보였다. 처음에는 교복 때문이라고 생각했다. 하지만 어느새 다들 키가 훌쩍 자랐고, 몸집도 어른처럼 변했다. 대화 주제나 취미, 무심코 하는 습관이나 행동까지도 모두 어른스러워 보였다.

하지만 나는 중학생이 된 지금도 초등학교 때와 전혀 다르지가 않았다. 키는 물론이고 내면까지도.

그동안은 그저 어쩔 수 없는 거라고 생각했는데, 요즘 들어 점점 불안해지기 시작했다. 모두 어른이 되어 가는데 나만 멈춰 있는 것 같았다. 이대로 있다가 혼자 뒤처지면 어떡하지? 나도 다른 애들처럼 빨리 어른이 돼야 할 텐데. 머릿속에 걱정이 겹겹이 쌓이자 마음이 몹시 초조해졌다.

급식 맛은 초등학교 때랑 똑같은데 왜 모두 점점 변해 가는 걸까……? 그런 생각을 하면서 카레에 든 버섯을 골라내고 있는데, 맞은편에 앉은 와타나베가 "편식하면 키 안 커, 모모." 하고 놀렸다. 나는 더 주눅이 들고 말았다.

집으로 돌아와 포클 시리즈 신간을 마저 다 읽고 도서관으로 향했다. 집 근처 청소년 회관에도 도서실이 있긴 하지만, 거기엔 책이 별로 없어서 조금 더 멀리 있는 공립 도서관을 주로 이용했다.

책을 반납하기 전에 다시 한번 책장을 후루룩 넘겨 보았다. 이번 이야기도 진짜 재미있었어. 다음 권도 빨리 나오면 좋겠다. 이런 생각을 하고 있을 때 옆에서 굵은 목소리가 들려왔다.

"다카나시."

흠칫 놀라 고개를 돌리자 도서 대출기에서 미쓰루가 책을 빌리고 있었다. 안녕, 하고 무뚝뚝하게 인사를 건네는 미쓰루를 보는 순간, 왠지 어린 시절로 돌아간 듯한 기분이 들었다. 초등학생 때는 미쓰루와 둘이서 자주 이 도서관에 왔으니까.

하지만 지금 미쓰루가 빌리는 책은 글이 빽빽하고 두꺼운 어른 소설이었다. 저렇게 어려워 보이는 책도 읽는구나……. 속으로 혼자 감탄하고 있는데, 미쓰루가 내가 들고 있는 책을 눈짓으로 가리켰다.

"그 책……."

"아, 얼마 전에 나온 신간이야. 혹시, 너도 읽었어?"

나는 약간 들떠서 물었다. 나에게 이 시리즈를 처음 추천해 준 사람이 바로 미쓰루였으니까. 오랜만에 미쓰루와 포클 이야기를 나누게 된다고 생각하니까 가슴이 두근두근했다.

그런데 미쓰루의 반응은 내 기대를 완전히 빗나갔다.

"그런 걸 왜 읽냐?"

마치 비웃는 듯한 말투에 나는 말문이 턱 막히고 말았다. 이제 중학생인데, 유치하게 그런 동화를 왜 읽냐? 분명 그런 의미였다. 한때는 자기도 포클 시리즈를 무지 좋아했으면서 왜 읽냐니…….

멍해진 내 표정을 보고 미쓰루가 당황해하며 덧붙였다.

"아니, 네가 읽는 걸 뭐라 하는 건 아니고."

이건 또 무슨 말일까? 나는 동화를 읽어도 이상할 게 없다는 걸까? 어린애니까? 눈물이 날 것만 같아서 고개를 푹 떨구었다. 그때 앞에 선 사람이 반납을 끝내고 자리를 떴다. 나는 허둥거리며 반납기 위에 책을 올려놓았다. 그사이에 미쓰루는 대출을 마치고 사라져 버렸다.

나는 책을 반납한 뒤 터벅터벅 걸어 나가다가 문득 걸음을 멈추었다.

키가 훌쩍 자란 데다 한없이 무뚝뚝해진 미쓰루도 당황스러웠지만, 그 애가 더 이상 포클을 좋아하지 않는다는 사실이 더 큰 충격으로 와 닿았다. 나는 서글픈 마음이 들었다. 미쓰루는 아주 많이 변했구나. 어느 틈엔가 혼자 멀리 가 버렸구나. 어쩌면 미쓰루만이 아니라 다른 친구들도 모두…….

알 수 없는 불안한 감정들이 내 등을 쭉쭉 미는 느낌이었다. 너만 가만히 있을 거니? 너도 변해야 해, 어른이 돼야 해, 하면서.

그래, 나는 고개를 크게 한 번 끄덕인 다음 어린이 서가가 아니라 소설 서가로 발걸음을 옮겼다.

동화책 말고는 읽어 본 적이 거의 없어서, 어떤 소설을 빌려야 할지 몰라 책장 사이에서 한참을 서성거렸다. 오랫동안 망설인 끝에 고른 책은 수년 전에 영화로 제작된 연애 소설이었다. 영화가 흥행했으니까 책도 재미있을 거라고 막연히 생각하면서. 그림도 없고 글씨도 작은 데다 문장도 무척 길어서 읽기가 어려웠지만, 나는 그 소설을 애써 열심히 읽어 나갔다.

그다음 날 학교에 가져가 교실에서 읽고 있는데, 미키가 알아채고 말을 걸었다.

"어머, 모모! 그거 동화책 아니잖아. 웬일이야?"

"응, 가끔은 이런 책도 읽어 볼까 싶어서."

나는 짐짓 태연하게 대답했다. 어른스럽게 보이도록 목소리를 낮춰서. 미키는 약간 놀란 표정이 되었다가, 이내 자리로 돌아가 가방을 정리하기 시작했다.

내가 조금 달라 보였을까? 이상하다고 생각하지는 않았을까? 약간 걱정스러웠지만, 일단 침착하게 마음을 다잡았다. 그리고 대각선 방향으로 앞쪽에 앉아 있는 미키를 흘긋흘긋 곁눈질했다.

미키는 친구들 중에서 가장 어른스러운 아이였다. 그러니까 미키를 따라 하면 나도 좀 더 어른스러워지지 않을까? 미키는 언제나 등을 곧게 펴고 의자에 앉았다. 늘 차분하게 행동하고, 천천히 또박또박 말했다. 그렇게 하면 정말 어른이 될 수 있을지는 모르겠지만 일단 하나하나 따라 해 보기로 했다. 아무튼 지금의 난 어린애 같으니까.

점심시간에는 싫어하는 버섯이 급식으로 나왔지만 하나도 남기지 않고 다 먹었다. 비릿한 향과 말캉한 느낌이 싫어서 씹지 않고 전부 삼켜 버린 탓에, 집에 갈 때까지도 배 속이 더부룩했다.

어른이 되기 위한 노력들은 몸에 맞지 않는 옷을 입은 듯 영 불편했지만, 뭔가 조금씩 변해 가고 있는 것 같은 느낌이 들기는 했다. 그래서일까? 나를 보는 친구들의 표정이 조금 달라진 듯했다. 누군가 '어라?' 하는 얼굴로 날 보기라도 하면 괜스레 어깨가 으쓱해졌다. 진짜 어른이 된 듯한 기분이 들어서.

하지만 하루하루 시간이 지날수록 점점 지쳐 갔다. 학교에서는 물론 집에서도 계속 어른처럼 행동하는 것은 생각보다 꽤 힘들었다. 잠깐이라도 방심했다간 다시 예전 말투로 돌아갈 것 같아서, 친구들과 가벼운 대화를 나눌 때에도 늘 마음이 조마조마했다. 금방이라도 역시 모모는 애 같아, 하는 말을 듣게 될까 봐 겁이 났다.

마치 영영 끝나지 않는 연극 무대에서 연기를 하는 기분이었다.

나는 읽던 소설을 내동댕이치고 침대에 벌러덩 드러누웠다.

"재미없어."

연애 소설을 빌려온 지 벌써 일주일이나 됐는데 아직 절반도 못 읽었다. 주인공의 연인은 6개월 시한부 인생인데 믿었던 친구한테 배신을 당하고……. 아무튼 어둡고 괴로운 일만 줄줄이 일어나는 이야기였다. 더 이상 읽기가 싫었다. 이전에 읽던 동화가 훨씬 더 재미있었다.

그런데도 다음 날 꾸역꾸역 학교에 그 책을 들고 갔다. 도무지 책장을 펼칠 마음이 들지 않아서 책상 위에 올려 둔 채 멍하니 바라보고 있는데, 마침 미키가 교실로 들어왔다.

"모모, 안녕?"

미키가 밝은 목소리로 인사했다. 나도 안녕, 하고 대답했다. 어른스럽고 도도한 말투로. 그런데 그 순간, 시간이 멈춘 듯 주변이 고요해졌다. 교실 안에 둥둥 떠다니는 공기가 찌릿하게 떨리는 느낌이 들었다. 흠칫 놀라 고개를 돌리자, 미키가 차가운 얼굴로 나를 바라보고 있었다.

"모모, 잠깐 나 좀 봐."

"으, 응? 왜, 왜, 왜…… 그러는데?"

나는 당황해서 말을 더듬거렸다. 하지만 미키는 그저 잠깐이면 돼, 하고 말한 뒤 먼저 교실을 나가 버렸다. 나는 지레 겁을 먹고 허둥거리며 미키를 뒤쫓았다. 인기척 없는 복도 끝에 다다르자 미키는 멈춰 서서 잠깐 숨을 골랐다. 그리고 천천히 입을 떼었다.

"모모, 혹시…… 내가 너한테 잘못한 거 있니?"

예상치 못한 질문에 나는 그만 얼빠진 표정을 짓고 말았다. 그런데 미키의 표정이 아주 심각했다. 진심으로 자신이 무언가 잘못했을까 봐 걱정하는 듯, 무척이나 슬픈 얼굴이었다.

나는 다급한 마음에 손까지 내저으며 대답했다.

"아니, 아니야! 왜, 왜 그렇게 생각해?"

"너, 요즘 계속 화가 나 있잖아. 말을 걸어도 항상 기분이 안 좋은 것 같고, 걸핏하면 날 노려보고 있고. 그래서 내가 전에 고즈에한테 그랬던 것처럼 나도 모르는 사이에 너한테 뭔가 상처를 준 게 아닌가 걱정이 돼서……."

머뭇거리며 말하는 미키의 목소리는 푹 가라앉아 있었다.

나는 할 말을 잃고 말았다. 그런 오해를 하다니……. 나는 곧바로 정신을 차린 다음 다급하게 변명을 했다.

"아니야, 그게 아니야! 그게, 그러니까……. 사실 나, 어른처럼 보이고 싶었거든. 그래서 너를 따라 하고 있었어. 우리 중에서 미키 네가 가장 어른스러우니까…….”

말을 하는 동안 얼굴이 화끈 달아오르는 게 느껴졌다. 어른인 척한 건 화난 것처럼 보이고, 미키를 흉내 내려고 힐끔힐끔 관찰한 건 느닷없이 노려보는 것처럼 보였던 거다. 나 자신이 너무 초라하게 느껴졌다.

나는 미키에게 연신 사과를 했다. 어른스러워 보여야 한다는 생각 따위는 완전히 사라지고 없었다.

“정말, 정말 미안해. 내가 오해할 행동을 해서…….”

“아니야, 나야말로 혼자 오해해서 미안해. 그보다 네가 화난 게 아니라서 다행이야.”

미키는 안심한 듯 가슴을 쓸어내렸다. 나는 슬며시 눈치를 보다가 쭈뼛거리며 미키한테 가장 궁금했던 것을 물어보았다.

“그런데 나, 정말 어른처럼 안 보였어? 나름 성숙하게 행동한다고 노력했는데…….”

“응, 그냥…… 기분이 안 좋은 것처럼 보였어.”

미키가 내 시선을 피하며 대답했다.

그 말에 어깨가 축 처졌다. 어른인 척 행동하기 시작한 이후로 쌓인 피로감이 갑자기 몇 배로 불어난 느낌이었다. 풀이 죽은 내 모습을 보며 미키가 부드럽게 미소 지었다.

"모모, 억지로 어른이 되려고 할 필요가 있을까? 분명히 자연스럽게 변해 갈 텐데. 넌 그냥 너답게 하면 되지 않을까? 적어도 난 억지로 어른처럼 행동하는 너보다 평소의 네가 더 좋아."

그 목소리가 너무 따뜻해서 눈물이 날 뻔했다. 그런데 그렇게 말하는 미키가 나와 같은 나이라는 게 믿기지 않을 정도로 어른스러워 보였다. 그래서인지 그 말이 곧이곧대로 들리지 않았다.

미키라면 분명히 더 자연스럽게 변하겠지. 하지만 나는……. 마음 한구석에 자리 잡은 불안함이 사라지지 않았지만 작은 목소리로 미키에게 고마워, 하고 말했다.

그리고 오전 내내 수업에 집중을 하지 못했다.

나는 아직도 망설이고 있었다. 미키는 내게 억지로 어른이 될 필요가 없다고 말해 주었지만……. 정말 그래도 될까? 그래도 변해야 하지 않을까? 이렇게나 어린애 같은데.

별다른 결정을 내리지 못한 채 점심시간이 되었다. 나는 급식을 받아 자리에 앉았다. 오늘의 급식 메뉴는 마파두부였다. 거무스름한 정통 마파두부가 아닌 먹음직스러운 주황빛의 마파두부.

크게 한 숟갈 떠서 입에 넣자 부드럽고 달콤한 맛이 입안 가득 퍼졌다. 초등학교 때부터 지금까지 변함없이 달콤한 이 맛. 마파두부를 먹으면서 신기하게도 나는 마음이 점점 차분해졌다. 머릿속에서 어수선하게 엉켜 있던 고민들이 술술 풀리는 느낌이 들었다.

이제 그만할까, 어른인 척하는 거. 어른스러워 보이겠다고 발버둥쳐 봤자 누군가에게 오해의 헛발질로 돌아갈 뿐인데. 그렇다면 괜히 혼자 고집부리면서 이렇게 괴롭고 피곤한 짓을 계속할 필요가 없지 않을까? 그런 생각에까지 다다랐지만 마음은 여전히 개운하지가 않았다.

몰래 한숨을 내쉰 뒤 무심코 고개를 돌렸다. 미쓰루가 한껏 시시해하는 얼굴로 마파두부를 먹고 있는 모습이 보였다. 문득 미쓰루도 급식 마파두부보다 정통 마파두부를 더 좋아할 거라는 생각이 들었다. 미키와 도모카처럼.

넌 역시 어린애구나, 언니의 심술궂은 목소리가 귓가에 들리는 것 같았다. 그러고 나서 한입 떠먹은 마파두부는 아주 약간, 씁쓰레했다.

방과 후엔 연애 소설을 반납하러 도서관에 갔다.

도서 반납기에 책을 올려놓으면서도 기분이 좀 찜찜했다. 정말 반납해도 될까? 이 책을 반납하고 나면 영영 어른스러워지지 못할까 봐 불안해졌다.

반납을 마친 뒤에도 곧바로 동화책을 빌릴 마음이 들지 않았다.

다시 소설 서가 앞에서 서성거렸다. 이 책 저 책을 꺼냈다가 꽂았다가를 반복했지만 전부 다 재미없어 보였다.

한참 있다가 어린이 서가로 다가갔다. 그런데 책장 사이에서 생각지도 못한 사람을 발견했다. 키가 훌쩍 큰 남학생이 꼿꼿이 선 채로 동화책을 열심히 읽고 있었다. 바로 미쓰루였다. 나는 미쓰루가 읽고 있는 책이 뭔지 단박에 알아차렸다. 며칠 전에 내가 반납한 포클 시리즈 신간!

책을 읽는 미쓰루는 무척이나 설레는 표정이었다. 평소의 무뚝뚝한 표정이 아니라, 나와 같이 재미있는 동화책을 읽을 때의 그 얼굴이었다.

차마 말을 걸 생각을 하지 못한 채 멍하니 보고 있는데, 미쓰루가 먼저 나를 알아차렸다. 미쓰루 얼굴에 흠칫 놀라는 표정이 스치는가 싶더니 이내 다시 무뚝뚝한 얼굴로 변했다.

"뭐야, 다카나시 모모구나."

들릴 듯 말 듯 이렇게 중얼거리고는 책을 급히 서가에 꽂았다. 그러고는 아무 일도 없던 양 성큼성큼 걸어서 나를 지나쳐 갔다. 나는 더 생각할 새도 없이, 그 책을 빼낸 뒤 미쓰루를 뒤쫓았다.

"미치하시, 잠깐만."

하지만 미쓰루는 걸음을 멈추지 않았다. 나는 뛰어가서 미쓰루의 옷자락을 다급하게 붙잡았다.

"자, 잠깐만……. 미, 미쓰루!"

나는 '에라, 모르겠다!' 하는 심정으로 옛날처럼 이름을 냅다 불렀다. 그러자 미쓰루가 우뚝 멈춰 섰다. 그 바람에 미쓰루의 등에 얼굴을 쿵 박고 말았다. 고개를 홱 돌린 미쓰루는 어이가 없다는 표정으로 나를 내려다보았다.

"이제 이름으로 부르지 말랬지?"

"미안……. 그런데 너, 이거 빌리려고 했던 거 아냐?"

나는 머뭇거리면서 포클 책을 내밀었다. 하지만 미쓰루는 책을 거들떠보지도 않은 채 이렇게 말했다.

"아니. 저번에 네가 말했던 게 생각나서 잠깐 훑어본 것뿐이야."

"너, 엄청 재미있어 하는 것처럼 보였는데……."

"아니라니까."

미쓰루가 단호한 목소리로 말하자 나는 또 움츠러들었다. 그런데 그때 미쓰루가 나직이 한마디를 덧붙였다.

"야, 생각해 봐. 이렇게 덩치 큰 중학생이 초등학교 중학년용 동화책을 읽고 있으면 안 이상하겠냐?"

아, 그렇구나……. 나는 그 말을 듣고서야 깨달았다.

미쓰루는 동화를 안 좋아하는 게 아니었다. 미쓰루의 표정과 목소리가 그렇게 말하고 있었다. 문득 오늘 미키와 나눴던 이야기가 떠올랐다. 미키는 어른인 척하는 내가 화난 것처럼 보였다고 말했다. 나만 그런 게 아니라 미쓰루도 마찬가지였던 거다.

나는 나보다 머리 하나는 더 큰 미쓰루를 슬며시 올려다보았다. 미쓰루는 골난 얼굴로 내 시선을 어색하게 피했다.

어쩌면 미쓰루도 서둘러 어른이 되려고 무리하고 있는 건 아닐까? 나와 다르게 미쓰루는 겉모습이 점점 어른처럼 변하고 있으니까. 그래서 나보다 더 초조해져서 커진 몸집에 내면을 맞추려고 어른처럼 행동하고, 좋아하던 동화책도 안 읽고…….

그러니까 나 혼자서만 어른이 되어야 한다고 바동거렸던 게 아닌 모양이었다. 그 사실을 알게 된 순간, 내 입에서 멋대로 말이 튀어나왔다.

"아니야, 절대로 안 이상해!"

조용한 도서관에 내 목소리가 울려 퍼졌다. 미쓰루의 눈이 휘둥그레졌다. 나도 생각보다 크게 나온 목소리에 깜짝 놀랐다.

일단 소리를 지르긴 했는데, 그다음에 무슨 말을 해야 할지 몰라서 잠시 뻘쭘하게 서 있었다. 어쨌든 미쓰루가 다시 동화책을 읽으면 좋겠다는 마음뿐이었다.

"저, 저기, 이 책, 정말 재미있어! 포클 시리즈 중에서도 베스트 3

으로 꼽을 정도로. 라이벌인 마루와 요리를 겨루는 것도 흥미진진하고, 포클이 만드는 마파두부가 무척 맛있어 보여서…….”

나는 미쓰루에게 포클의 새로운 이야기가 얼마나 재미있는지 알려 주려고 애썼다. 미쓰루는 그런 나를 멍한 얼굴로 바라보았다. 그러다 한숨을 푹 내쉬더니 알았어, 하고 내 말을 막았다. 못 말린다는 듯, 하지만 부드러운 목소리로.

“다른 때는 주뼛거리면서, 좋아하는 책 얘기할 때만 수다스러운 건 여전하네.”

미쓰루는 이렇게 말한 뒤 내가 내민 책을 받았다. 나는 그만 활짝 웃고 말았다. 그동안 변해야겠다고 마음먹고서 내내 노력했는데도, 달라지지 않았다고 말하는 미쓰루의 말이 굉장히 반가웠다.

아주 매운 마파두부를 먹은 날 저녁부터 줄곧 불안하고 무거웠던 마음이 이제야 가벼워졌다.

“이 책, 어때? 동화랑 소설의 중간쯤 되는 영 어덜트 장르야. 이런 작품부터 시작해 보면 괜찮지 않을까?”

동화가 아닌 책도 읽고 싶다는 내 말에 미쓰루가 한 권 골라 주었다. 전에 빌린 슬픈 연애 소설과 달리 밝고 산뜻한 표지였다. 글씨도 약간 크고 페이지도 별로 많지 않았다. 이 정도라면 끝까지 읽을 수 있을 것 같았다.

“응, 읽어 볼게. 고마워, 미쓰루.”

“이름으로 부르지 말라니까. 특히 다른 애들이 있을 때는. 뭔가 낯간지럽잖아.”

미쓰루는 여전히 무뚝뚝하게 말하고는 그럼 갈게, 하고 자리에서 일어났다. 그때 문득 무언가 생각나서 미쓰루를 붙잡았다. 무심결에 또 이름으로 부른 탓에 미쓰루가 매서운 표정으로 돌아보았다.

“아, 미안. 그, 급식 마파두부랑 중국집 정통 마파두부 중에서 뭐가 더 좋아?”

느닷없는 질문에 미쓰루가 눈살을 찌푸렸다. 하지만 내가 눈을 치뜨고 기다리자 머뭇머뭇하면서 대답했다.

“정통이면 아주 매운 거 아냐? 난 매운 건 별로 안 좋아해서, 급식 마파두부가 더 좋아.”

그런 걸 왜 묻냐는 듯 의아해하는 미쓰루에게 나는 “그냥 궁금해서.” 하고 웃는 얼굴로 답했다. 그리고 들뜬 기분으로 다른 책을 더 빌리기 위해 어린이 서가 사이로 들어갔다.

흑당 크림빵

두근두근 아릿한 첫사랑의 맛

"아싸! 마지막 남은 아몬드 과자는 내 거다!"

가위바위보에서 승리한 마사토가 마치 전리품이라도 되는 양 아몬드 과자를 한 손에 들고 의기양양하게 자리로 돌아갔다. 웃음꽃이 활짝 핀 그 얼굴을 나는 싸늘하게 바라보았다. 그러자 마사토가 고개를 갸웃거렸다.

"뭐야? 미치하시, 부럽냐?"

"부럽기는, 어이가 없어서 그런다."

"또 그런다. 미치하시, 이제는 좀 솔직해져 봐. 너도 이 과자 좋아하잖아."

"그 정도는 아니거든."

과자 한 봉지 얻은 것 가지고 저렇듯 환호성을 지르다니. 마사토에게는 미안한 말이지만, 중학생이 되어서도 남은 급식 좀 더 먹겠다고 저러는 건 도저히 창피해서 못하겠다. 마사토는 내 말투를

우스꽝스럽게 흉내 내며 그 정도는 아니거든, 하고 비아냥거리더니 자리로 돌아갔다.

"마사토, 시끄러워. 제발 조용히 밥 좀 먹자."

옆자리에서 사사가와가 불퉁하게 말했다. 마사토는 전혀 미안하지 않은 말투로 "미안!" 하고 말한 뒤 걸신들린 듯 급식을 먹기 시작했다. 그 모습을 본 신고가 질린 듯한 얼굴로 말했다.

"난 다음 주 기말고사 생각만 하면 입맛이 뚝 떨어지는데……."

그 순간 마사토가 보이지 않는 주먹에 맞고 나자빠지듯이 몸을 뒤로 훅 젖혔다. 이 녀석은 언제나 과장되게 행동을 했다.

"그만, 거기까지. 밥 먹을 때만이라도 현실을 잊게 해 줄래?"

"하하, 미안. 근데 너, 이번 시험 망치면 학원 다녀야 한다고 그러지 않았어? 학원 안 갈 자신 있나 봐?"

"그러면 얼마나 좋겠냐? 시험공부하려고 교과서를 펼쳐 봐도 뭐 아는 게 있어야지. 도무지 진도가 안 나가. 야, 신고. 오늘 수업 끝나고 우리 집에서 같이 공부 안 할래? 나 좀 가르쳐 줘."

"안 돼, 내 공부할 시간도 부족해."

그러자 마사토가 고개를 홱 돌려 나를 바라보았다.

"미치하시, 넌? 오늘 수업 끝나고 나랑 즐거운 공부 어때?"

난데없이 윙크를 날리더니 엉큼하게 미소까지 지었다. 순간, 온

몸에 소름이 쭉 돋아서 일부러 못 들은 척했다. 그러니까 다짜고짜 내 교복 소매를 붙잡고 애원하는 거다.

“제발, 응? 우리 사이에 왜 그래? 자, 아몬드 과자 반 줄게!”

“됐어.”

내가 단칼에 거절하자 마사토는 금방이라도 울 것 같은 표정을 지었다. 물론 정말로 울지는 않을 터였다. 하루 이틀 알고 지낸 사이가 아니기에 그 정도는 알 수 있었다. 그래서 그냥 내버려 둬도 아무 상관 없지만…….

나는 하는 수 없다는 듯 한숨을 폭 내쉬며 말했다.

“그래, 알았어. 하루 정도면 기분 전환도 될 테니까.”

“정말? 진짜로 가르쳐 준다고? 미치하시, 땡큐! 역시 친구는 착해야 한다니까. 자, 사양 말고 먹어.”

마사토가 과자 봉지를 통째로 들어서 나한테 내밀었다. 나는 다시 한번 거절한 뒤 우유 빨대를 물고 고개를 돌렸다. ‘착한’ 친구라는 말에 왠지 겸연쩍어져서였다. 마사토의 부탁을 들어준 이유는 내가 특별히 친구를 위하는 착한 마음을 지녀서가 아니었다.

시오리 누나를 볼 수도 있기 때문이었다.

시오리 누나를 알게 된 건 초등학교 5학년이 끝날 무렵, 마사토 집에 처음 놀러 갔을 때였다.

마사토랑 비디오 게임을 하다가 잠시 화장실에 갔다. 다시 방으로 돌아가려는데, 마주 보이는 방문이 갑자기 열리더니 누군가 튀어나와서 하마터면 부딪칠 뻔했다.

"깜짝이야! 아아, 마사토 친구인가 보구나?"

"네, 안녕하세요? 미치하시 미쓰루입니다."

마사토한테 누나가 있다는 건 이미 들어서 알고 있었다. 하지만 시오리 누나는 마사토와 하나도 닮지 않은 데다가 차분하고 성실한 분위기를 풍겼다. 막연하게 '여자 마사토'를 상상했는데, 너무 다른 이미지에 몹시 당황했다.

"마사토와는 다르게 어른스럽네. 난 아다치 시오리야. 잘 부탁해, 미치하시."

세 살 많은 시오리 누나는 그 당시에 중학교 2학년이었는데, 나이보다 훨씬 더 성숙해 보였다. 그런 누나가 나를 보고 어른스럽다고 하자 괜스레 어깨가 으쓱해졌다. 초등학교 5학년이 되면서 한 해 동안 키가 15센티미터나 자란 데다가 얼굴선이 굵어지는 바람에, 주변의 시선을 의식해 애써 어른처럼 행동하려고 했다.

열린 방문 틈으로 얼핏 시오리 누나 방 안이 보였다. 한쪽 벽면에는 천장에 닿을 정도로 커다란 책장이 두 개나 있었다. 책장에는 딱 봐도 두껍고 어려운 책들이 가득 꽂혀 있었다.

"우아, 책이 엄청 많네요."

"초등학교 때부터 용돈이랑 세뱃돈은 모두 책 사는 데 썼거든. 북 페스티벌 같은 데서도 사 모으고. 너는 책 읽는 거 좋아하니?"

"네, 조금……."

나는 이렇게 대답하면서 끝을 흐렸다. 어릴 때부터 책을 좋아하긴 했지만 그때까지만 해도 동화책만 읽었으니까. 어려운 책을 술술 읽는 시오리 누나 앞에서 당당하게 그렇다고 말하기가 부끄러웠다.

"와, 정말 보기 드문 친구네. 어떤 책을 좋아해?"

그 무렵 나는 중학년용 동화인 '새끼 너구리 포클의 레스토랑' 시리즈를 가장 좋아했다. 하지만 그 책 제목을 말하려니 창피하다는 생각이 들어서, 그보다 좀 더 높은 연령대의 모험 이야기가 담긴 책 제목을 떠오르는 대로 말했다. 그러자 시오리 누나가 활짝 웃었다.

"그 책, 나도 정말 재미있게 봤는데!"

그 이야기를 시작으로 해서, 나는 아예 시오리 누나 방으로 들어가 한참 동안 서로 좋아하는 책에 대한 감상을 나눴다. 그 시간은 무척이나 즐거웠다. 5학년이 되면서 그동안 책을 같이 읽었던 모모와 다른 반이 되었는데, 그 후로 책 이야기를 나눌 친구가 하나도 없어서 꽤나 심심하던 차였다.

"그 책을 좋아한다면…… 이런 건 어때? 청소년 대상이지만 너라면 충분히 읽을 수 있을 거야."

시오리 누나가 책장에서 밝은 색 표지의 책을 한 권 꺼내 나에게 건넸다. 내가 책을 막 펼치려는데, 마사토가 문을 열고 들어왔다.

"미치하시! 화장실에서 잠든 줄 알았네. 너, 여기서 뭐 하냐?"

마사토가 내 팔을 잡아끌었다. 나는 마사토에게 끌려가면서 들고 있는 책을 어떻게 해야 할지 몰라 허둥거렸다. 그러자 시오리 누나가 빙긋 웃으며 말했다.

"다음에 돌려줘. 어떻게 읽었는지 감상도 꼭 들려주고."

그래서 집에 돌아가자마자 단숨에 그 책을 읽었다. 그 당시에 읽던 책과 비교하면 글씨도 작고 한자도 많아 어려웠지만, 그런 것들이 전혀 상관없을 만큼 정신없이 빠져 들었다. 그리고 마사토 집에 다시 놀러 갔을 때 시오리 누나에게 책을 돌려주며 내가 얼마나 재미있게 읽었는지를 두서없이 주절거렸다. 그때 나는 약간 흥분해 있었다.

그 뒤로 마사토 집에 갈 때마다 시오리 누나에게 책을 한 권씩 빌려 읽었다. 누나가 빌려준 책은 전부 다 재미있었다. 그 덕분에

난 독서의 폭이 점점 넓어졌고, 머지않아 어른 대상의 두꺼운 소설까지 읽을 수 있게 되었다.

"네 또래 중에서 너만큼 책을 읽는 친구는 아마 없을걸. 미치하시, 진짜 대단해."

언젠가 시오리 누나가 이렇게 말한 적이 있었다. 이건 다 누나 덕분이다. 누나가 추천해 준 책은 항상 재미있으니까. 누나와 같이 책 얘기를 나누는 시간이 즐거우니까.

시오리 누나를 만나지 않았다면, 지금처럼 책을 좋아하게 되지는 않았을 거다.

요즘에는 해가 점점 짧아져서 하교할 즈음이 되면 하늘이 깜깜해져 있었다. 하지만 오늘은 기말고사 일주일 전이라 동아리 활동이 없어서, 오후 수업이 끝나고 마사토 집에 도착했는데도 저녁놀이 꽤 밝았다.

중학생이 되어 동아리를 시작하고 나서는, 방과 후 친구 집에 놀러 가는 일이 줄었다. 마사토 집에도 거의 한 달 만이었다. 시오리 누나는 학교가 멀어서 전철을 타고 통학하기 때문에 하교하려면 아직 한참 멀었다. 집으로 돌아가기 전에 잠깐이라도 볼 수 있다면 좋을 텐데…….

"다녀왔습니다."

마사토가 나른한 목소리로 현관문을 열었다. 그런데 마사토의 어깨 너머로 계단을 내려오는 시오리 누나 모습이 보였다.

"어, 시오리 누나!"

무심결에 목소리가 튀어나왔다. 시오리 누나는 깜짝 놀란 듯 계단 중간에서 멈춰 섰다가, 이내 엷게 웃으며 현관으로 다가왔다. 학교에서 막 돌아온 모습처럼은 보이지 않았다.

"미치하시구나? 어서 와."

"네, 안녕하세요?"

"오랜만이네. 지난 달 말에 오고 처음인가? 와, 그사이에 키가 또 큰 거야?"

"에이, 설마. 그렇게 금방 크지는 않죠."

"그런가? 그래도 여전히 어른스러운데? 누가 마사토랑 같은 학년으로 보겠니?"

"헐!"

옆에 서 있던 마사토가 불만스러운 목소리로 내뱉었다. 나는 시오리 누나의 칭찬에 조금 부끄러웠지만 안 그런 척 어깨를 으쓱한 뒤 이렇게 물었다.

"누나, 오늘은 빨리 왔네요. 고등학교도 시험 기간이에요?"

“음, 그건 아니고. 오늘은 어쩌다 보니.”

시오리 누나는 모호하게 대답한 뒤 어색하게 미소를 지었다. 뭔가 찝찝한 기분이 들어서 말을 더 걸려고 하는데, 마사토가 대뜸 내 팔을 잡아끌었다.

“빨리 내 방에 가자. 물어볼 게 산더미야.”

그 바람에 나는 시오리 누나에게 허둥지둥 인사하고서 계단을 올라갔다. 무심코 돌아보자 시오리 누나가 우리를 올려다보고 있었다. 누나는 내 시선을 알아채고 고개를 홱 돌리며 자리를 떴다. 그 얼굴은 대화할 때와는 다르게 어딘가 음울해 보였다.

마사토에게 공부를 가르쳐 주면서도 시오리 누나의 표정이 머릿속에서 떠나지 않았다. 오늘은 어쩌다 보니, 하고 말할 때 누나는 잠깐 내 시선을 피했다. 마치 거짓말을 하고서 들킬까 봐 지레 걱정하는 사람처럼. 그다음에 보인 미소도 왠지 자연스럽지가 않았다. 계단을 올라가다 돌아봤을 때의 어두운 표정도…….

“아하, 이제 알겠다. 아이참, 쓰지 선생님도 이렇게 설명해 주시면 이해하기 더 쉬울 텐데.”

“선생님도 수업 시간에 이렇게 설명하셨어.”

나는 그렇게 대꾸한 다음, 아무렇지 않은 것처럼 들리도록 애쓰면서 마사토에게 넌지시 물었다.

"있잖아, 시오리 누나 말이야. 무슨 일 있어? 아까 좀 이상해 보이던데."

마사토가 고개를 들어 나를 빤히 쳐다보았다. 그러고는 작게 중얼거렸다.

"아아, 넌 모르는구나. 말해 준 줄 알았는데."

"모르다니, 뭘?"

나는 한층 걱정이 되어 다그쳤다. 그러자 마사토는 뺨을 긁적이면서 머뭇머뭇하다가 우물거리는 말투로 대답했다.

"실은, 요즘 누나 학교 안 가."

마사토 말에 따르면, 시오리 누나가 학교에 나가지 않은 지는 보름이 넘은 모양이었다. 이유는 마사토도 잘 모른다고 했다.

나는 시오리 누나에게 직접 얘기를 듣고 싶었다. 하지만 마사토가 자기가 말했다는 걸 비밀로 해 달라고 신신당부를 했기 때문에 다짜고짜 물어볼 수는 없었다. 공부를 끝내고 나자 시간이 꽤 늦어서, 나는 누나에게 인사도 못 한 채 마사토네 집을 나왔다.

집에 와서 휴대폰을 꺼내 시오리 누나와 나눈 메시지를 쭉 읽어 보았다. 각자 중학교와 고등학교에 진학한 후로는 만나기가 쉽지 않아서, 요즘은 문자로 책에 대한 감상을 주고받고 있었다. 하지만 최근 보름 동안 받은 메시지 중에서 등교 거부에 대한 내용은 전혀 없었다. 나는 괜히 서운해져서 휴대폰 화면을 한참 동안 노려보다가 주머니에 집어넣었다.

기분 전환을 하기 위해 가방을 정리하기 시작했다. 아무렇게나 구겨 넣었던 급식 식단표를 꺼내 펼쳐 보다가, 어느 칸에서 시선이 딱 멈추었다. 거기에 '흑당 크림빵'이 적혀 있었기 때문이다.

사실 나는 흑당 크림빵을 특별히 좋아하거나 싫어하지 않았다. 그건 시오리 누나가 좋아하는 빵이었다.

작년 가을이 끝날 무렵 마사토 집에 놀러 갔을 때, 누나는 흑당 크림빵을 먹으면서 책을 읽고 있었다. 내가 살며시 방문을 두드리자 누나가 뒤를 돌아보았다. 나는 고개를 살짝 숙여 인사한 뒤 손가락으로 빵을 가리켰다. 그러자 누나는 조금 쑥스러워하면서 말했다.

"이 빵 좋아하거든. 오늘 급식으로 나왔는데, 조금 남아서 간식 대신 먹으려고 가지고 왔어."

어른스러운 시오리 누나가 급식으로 나오는 흑당 크림빵을 좋아한다는 사실이 썩 어울리지는 않았다. 그러면서도 바로 그 점이 귀엽다는 생각이 들었다.

"좀 먹을래?"

시오리 누나가 먹고 있던 빵을 내밀었다. 이, 이거 그냥 먹으면 간접 키스 아닌가? 그런 생각이 들자 너무 당황스러워서 세차게 도리질을 했다. 그리고 곧바로 후회했다. 아, 잘라서 먹으면 되는데……! 하지만 누나는 이미 팔을 거둔 뒤였다.

평소처럼 책 얘기를 나눈 뒤 시오리 누나가 말했다.

"너랑 얘기하는 건 역시 재미있어. 마사토는 책을 전혀 안 읽거든. 미치하시가 내 동생이면 좋을 텐데."

그 말이 나는 별로 기쁘지 않았다. 왜 그런지 깨닫는 건 어렵지 않았다. 언제부터인지는 모르겠지만, 시오리 누나를 좋아하고 있었던 것이다. 나는 시오리 누나의 동생이 되고 싶은 게 아니었다.

그날부터 나는 시오리 누나 앞에서 이전보다 더 어른스럽게 보이려고 애썼다. 누나에게 더 이상 동생으로 보이지 않기 위해서. 내 키는 금방 시오리 누나를 훌쩍 넘어섰고, 어려운 말도 슬슬 쓰기 시작했으며, 내가 책을 추천해 줄 수도 있게 되었다.

하지만 결국 나와 시오리 누나 사이의 거리는 전혀 달라진 것이 없었다. 그래서 나한테 등교 거부한다는 얘기도 하지 않았던 거다. 그런 생각이 들자 울컥한 기분이 들었다. 그때 부엌에서 엄마가 저녁 먹으라고 부르는 소리가 들렸다. 나는 식단표를 유인물 더미 속에 내팽개치고 방에서 나갔다.

기말고사가 끝나면 바로 시오리 누나를 만나러 갈 참이었다.

나는 시오리 누나의 등교 거부를 모르는 것으로 되어 있기 때문에 대놓고 물어볼 수는 없었다. 어쨌든 내가 할 수 있는 일이 있다면 뭐든 해서 누나에게 힘이 돼 주고 싶었다.

그런데 기말고사 마지막 날, 마사토는 시험을 망친 친구들과 기분 전환 삼아 놀러 갈 예정이라고 했다. 나한테도 같이 가자고 권하려다가, 참가 자격이 '기말고사 결과에 절망하는 사람'이었기 때문에 자격 미달이라고 했다.

나는 김이 팍 새 버렸다. 마사토와 놀려고 집에 찾아갔다가 우연히 시오리 누나를 만나게 된 것처럼 행동하려고 했는데! 마사토가 집에 없으면 그 방법을 쓸 수가 없었다.

그래서 기말고사 공부를 하는 동안 못 읽었던 책이나 읽어야겠다는 생각으로 도서관에 갔다. 보고 싶었던 책이 많았지만, 도서관에 가면서도 마음은 좀처럼 밝아지지 않았다. 불과 몇 시간 전까지 기말고사로 꽉 차 있던 머릿속이 이제는 시오리 누나의 어두운 표정으로 가득했다.

모르는 척 그냥 찾아가 볼까? 그렇다고 해도 막상 시오리 누나를 보면 무슨 얘기를 어떻게 꺼내야 할지 알 수 없었다. 자칫 말실수라도 해서 누나를 화나게 만들고 싶지는 않았다.

그런 생각을 하면서 도서관 근처에 있는 공원을 지나갈 때였다. 공원 벤치에 익숙한 실루엣이 보였다. 시오리 누나였다.

나는 우뚝 멈춰 서서 그 모습을 빤히 바라보았다. 시오리 누나 생각만 해서 헛것이 보이는 걸까? 하지만 손등으로 눈을 비비고 다시 봐도 분명 시오리 누나였다. 누나는 멍하니 앉아 아무 표정 없이 책을 보고 있었다. 그건 무척 낯선 모습이었다.

시오리 누나는 책을 읽을 때마다 항상 풍부한 표정을 지었다. 책이 재미없으면 노골적으로 질색한 표정을 했다. 저렇게 텅 빈 표정으로 책을 읽는 누나의 모습은 처음이었다.

그때 시오리 누나가 고개를 들다가 나와 눈이 딱 마주쳤다. 누나는 아차, 하는 얼굴이 되었다. 나도 잠시 당황했지만, 최대한 자연스럽게 시오리 누나 곁으로 다가갔다.

"시오리 누나, 여기서 뭐 해요?"

"그게, 음……. 집에 있기 불편해서. 요즘은 낮에 밖에서 책 보는 날이 많아."

시오리 누나는 거북한 듯 대답했다. 그렇다고 등교 거부를 한다는 사실을 굳이 숨기려는 것 같지는 않았다. 순간, 내 눈동자가 흔들렸다. 그 표정을 본 누나가 심술궂게 물었다.

"너, 아는구나? 내가 학교 안 가는 거."

마사토 녀석, 아무튼 입이 가볍다니까. 시오리 누나는 그렇게 중얼거리면서 가볍게 얼굴을 찌푸렸다. 나는 반사적으로 변명하려다가 무리일 것 같아서 금세 포기했다. 그냥 내일 마사토한테 한소리 듣는 게 나을 것 같았다. 나는 누나에게 얼른 사과했다.

"미안해요."

"괜찮아."

시오리 누나는 어깨를 크게 한 번 으쓱하더니 내 얼굴을 가만히 바라보았다. 내 질문을 기다리는 것처럼. 나는 잠시 망설이다가 조심조심 입을 열었다.

"……저기, 물어봐도 돼요?"

"왜 학교를 안 가냐고?"

내가 어색하게 고개를 끄덕이자 시오리 누나는 별거 없어, 라고 심드렁하게 대답했다. 마치 될 대로 되라는 식의 말투였다.

"공부며 동아리며, 전부 지루해. 친구들과 억지로 어울리는 것도 귀찮아졌고. 그냥 가기 싫어진 게 다야. 전에는 이런 적이 없었는데. 중학교 때로 돌아가고 싶어."

그냥 그런 거지, 하고 시오리 누나는 장난스럽게 덧붙였다.

나는 시오리 누나의 말을 그대로 믿기가 어려웠다. 적어도 내가 아는 시오리 누나는 성실한 우등생이었으니까. 이렇게 무책임한 이유로 등교 거부를 할 것 같지 않았다. 하지만 추궁한다고 해도 누나가 솔직하게 말해 주지는 않을 터였다.

그래서 그냥 가장 궁금해했던 걸 묻기로 했다. 누나가 어떤 대답을 할지 예상이 되기는 했지만 도무지 묻지 않을 수가 없었다.

"왜 저한테 아무 말도 안 했어요?"

시오리 누나는 난감한 듯 내 시선을 잠깐 피했다가 어색하게 미소를 지었다.

"그야……, 너한테 얘기해도 달라지는 게 없으니까."

역시, 예상한 대로였다. 하지만 나는 가슴이 아팠다.

누나에게 어른처럼 보이려고 애썼던 게 부끄러웠다. 그리고 여전히 난 동생이구나, 하는 생각에 눈물이 날 것 같았다. 차마 말을 잇지 못하고 있는데, 시오리 누나가 자리에서 일어났다.

"그럼 나 먼저 갈게."

이럴 때 얼마 전에 읽은 추리 소설 속 주인공이라면 어떻게 했을까? 나를 지나쳐 가는 사오리 누나를 뒤쫓아 가 손을 꼭 잡았을 텐데. 최근에 보기 시작한 판타지 소설 속 음유 시인이라면? 화려하고 아름다운 말솜씨로 누나의 마음을 위로했을 텐데.

하지만 현실 속의 나는 시오리 누나를 쫓아가지도, 말을 걸지도 못했다. 멀어지는 누나를 그저 말없이 바라볼 뿐이었다.

다음 날, 무거운 발걸음으로 등교하는데 마사토가 나를 발견하자마자 화난 얼굴로 뛰어왔다.

"미치하시! 너, 누나한테 내가 얘기했다고 말했지? 우리 누나 한번 화나면 장난 아니란 말이야."

"미안, 일부러 그런 건 아니야."

나는 어제의 일을 설명하고 사과했다. 그러자 마사토는 "그렇다면 하는 수 없고." 하며 금세 화를 가라앉혔다.

"누나가 왜 학교에 안 가고 있는지는 말해 줬어?"

나는 잠깐 주저하다가, 시오리 누나가 했던 말을 그대로 들려주었다. 마사토는 아, 음, 그렇구나, 하며 흥미 없다는 듯 추임새만 넣었다. 그러고는 잠시 아무 말이 없다가 이렇게 중얼거렸다.

"실은 여러 가지 일이 있었던 것 같던데."

"여러 가지 일이 뭔데?"

나는 곧바로 되물었다. 마사토는 갑자기 시치미를 뚝 떼고는 "그냥, 여러 가지."라고만 대답했다. 하지만 나는 그 '여러 가지'가 뭔지 금방 짐작이 갔다.

"……설마, 왕따 같은 거?"

"글쎄, 나도 자세히는 잘 몰라."

마사토는 어깨를 으쓱했다. 그 얼버무리는 태도가 마치 내 추측

이 맞다고 말해 주는 듯했다.

그 순간 엄청난 후회가 밀려들었다. 왜 어제 시오리 누나에게 등교를 거부하는 이유를 더 캐묻지 않았을까. 왜 멀어지는 누나의 뒷모습을 멍하니 쳐다만 보고 있었을까. 입술을 깨물고 고개를 푹 숙인 채 걷는데, 마사토가 평소처럼 명랑한 목소리로 말했다.

"아무튼 누나가 계속 등교 거부를 하니까 집안 분위기가 나빠져서 미치겠어. 그래서 말인데, 미치하시! 네가 어떻게 좀 해 봐라. 누나 일은 너한테 맡길게."

"뭐? 왜 내가……."

"너, 우리 누나 좋아하잖아?"

천연덕스럽게 말하는 마사토를 보면서 나는 숨이 멎어 버릴 뻔했다. 얼굴이 후끈 달아올랐다. 마사토는 앞서 걸어가다가 내가 걸음을 멈춘 걸 알아채고는 돌아보며 히죽 웃었다.

이전에도 비슷한 말로 나를 놀린 적이 있기는 했다. 하지만 방금 마사토가 한 말은 결코 농담도, 장난도 아니었다. 절대 눈치챌 리 없다고 자신했는데…….

"아니……. 뭐, 꼭 그런 건 아니야."

나는 애써 태연한 척 대꾸하고서 걸음을 재촉했다. 하지만 마사토는 "꼭 그런 게 아니긴, 무슨." 하고 중얼거리더니 말을 이었다.

"괜히 폼 잡지 마라. 생각해 보면 취향 참 독특하단 말이야. 뭐, 나는 널 친구로서 응원하는 거야."

그러고는 엄지손가락을 치켜세웠다. 내가 다시 둘러대려는데 뒤에서 오쿠보 목소리가 들렸다.

"야, 너네! 같이 가!"

우리를 뒤쫓아 온 오쿠보는 곧 마사토와 신나게 떠들기 시작했다. 나는 더 이상 뭐라 변명할 수가 없었다. 이제 마사토를 적당히 속여 넘길 수 없게 되었다. 한숨을 내쉬고 고개를 돌려 마사토네 집 방향을 내려다보았다. 시오리 누나는 지금 뭘 하고 있을까? 어제처럼 아무 표정 없이 책을 읽고 있을까?

이러지도 저러지도 못한 채 혼자 속으로 바동거리면서, 여전히 달아오른 얼굴로 잿빛 하늘을 올려다봤다.

기말고사 결과는 기대 이상으로 잘 나왔지만 하나도 기쁘지 않았다. 여전히 마음에 후회가 가득 차 있었고, 무엇을 해야 할지 몰라 초조했다. 내가 시오리 누나를 위해 무엇을 할 수 있을까? 잘 때도, 등교할 때도, 수업을 들을 때도 온통 그 생각뿐이었다.

괜히 폼 잡지 마라. 마사토는 그렇게 말했다. 녀석 말이 맞다. 나는 언제나 어른인 척, 멋있는 척하면서 시오리 누나의 호감을 사려고만 했다. 사실은 상처받은 시오리 누나한테 아무것도 해 주지 못하는 어리숙한 놈이면서.

까짓것, 멋없어 보여도 괜찮다. 시오리 누나를 위해서 내가 할 수 있는 일이 있다면 뭐든지…….

"미치하시, 미치하시! 너, 괜찮아?"

다그치듯 부르는 목소리에 퍼뜩 정신을 차렸다. 급식 당번 앞치마를 두른 모모가 걱정스럽게 내 얼굴을 들여다보고 있었다. 혼자 고민에 빠져서 식판을 든 채 급식을 받다 말고 가만히 서 있었던 것이다.

"아아, 응. 괜찮아."

나는 허둥거리며 얼버무렸다. 모모는 여전히 걱정스러운 얼굴이었지만, 더 묻지 않고 내 식판에 빵을 올려놓았다. 빵 색깔이 평소보다 진한 것을 보고 나도 모르게 중얼거렸다.

"흑당 크림빵, 오늘이구나."

"어, 뭐?"

어리둥절해하는 모모에게 "아냐, 아무것도." 하고 답한 뒤 급식을 마저 받고 내 자리로 돌아왔다. 머릿속에 흑당 크림빵을 좋아한다며 수줍게 웃던 시오리 누나의 얼굴이 떠올랐다.

모두 급식을 먹기 시작했지만, 나는 여전히 식판을 가만히 내려다보고 있었다. 오늘의 급식 메뉴는 오믈렛, 야채수프, 사과, 그리고 흑당 크림빵. 방과 후에 하는 농구부 연습은 강도가 세서 빵을 안 먹으면 분명 배가 고플 텐데. 그리고 이 작은 빵이 과연 무슨 의미가 있을까…….

그때 급식 배식대 쪽에서 목소리가 들렸다.

"와, 남아 있다! 흑당 크림빵! 혹시 더 먹고 싶은 사람?"

고즈에가 배식대 앞에서 빵을 높이 치켜들고 있었다. 결석한 사람의 몫이 남아 있던 거다. 쓰지 선생님이 고즈에에게 주의를 주었다.

"급식을 집에 가져가는 건 금지야. 두 개나 먹을 수 있겠니?"

"이 정도야 얼마든지요. 아무도 없지? 그럼 이건 내가……."

"잠깐만!"

더 생각하기도 전에 말이 먼저 튀어나왔다. 자리에서 벌떡 일어나자 반 애들의 시선이 집중되었다. 수치심으로 온몸이 뜨거워졌지만 이제 돌이킬 수 없었다. 나는 결연한 마음으로 고즈에에게 다가갔다.

중학생이 되어서까지 급식 쟁탈전을 벌이는 건 진짜 창피한 일이라고, 나는 죽어도 못 한다고 생각했는데. 하지만 지금은 폼 잡는 것보다 더 중요한 일이 있었다.

고즈에가 내 얼굴을 빤히 쳐다보았다.

"네가 급식 남은 걸 더 달라고 하다니……. 웬일이야? 흑당 크림빵을 그렇게 좋아해?"

"그건 아닌데……."

하지만 물러설 수는 없었다. 고즈에는 어물쩍한 내 대답에 개의치 않겠다는 듯 당찬 표정을 지었다.

"아무튼, 됐어. 자, 정정당당하게."

고즈에가 주먹을 내밀었다. 동시에 반 아이들이 가위바위보를 커다랗게 외쳤다. 나는 힘차게 오른팔을 쳐들었다.

동아리 활동이 끝나자마자 마사토 집으로 향했다. 시오리 누나 방 앞에서 심호흡을 한 뒤 문을 똑똑 두드렸다. 살짝 열어 보자 예상대로 누나는 책상에서 책을 읽고 있었다, 멍한 표정으로.

시오리 누나는 나를 발견하고 잠시 놀란 듯하더니 이내 차가운 말투로 물었다.

"왜? 혹시 마사토가 무슨 부탁이라도 하던?"

"아, 아뇨! 누나한테 주고 싶은 게 있어서요."

시오리 누나가 눈살을 찌푸렸지만, 나는 모른 척하며 방으로 들어갔다. 그리고 가방에서 흑당 크림빵을 꺼내 누나 손에 꼭 쥐여 주었다.

"빵? 이건 왜……."

"그게, 전에 누나가 좋아한다고 했던 게 생각나서요. 먹어 본 지 오래됐을 테니까 좋아하지 않을까 싶어서……. 어, 어제 만났을 때 중학교 시절로 돌아가고 싶다고 했잖아요. 그래서 그때 좋아했던 급식이라도 먹어 보면 어떨까, 그런 생각이 들어서……."

어떻게 말할지 여러 번 생각하고 왔는데 바보같이 횡설수설했다. 얼굴이 점점 달아오르는 게 느껴졌다. 역시 고등학생인 누나의 기운을 좋아하는 음식으로 북돋으려 하는 건 너무 순진한 발상이었던 걸까? 마사토라면 단박에 통했을 텐데.

나는 시오리 누나의 표정을 보려고 흘끔거렸다. 왠지 반응이 별로인 것 같아서 차마 얼굴을 똑바로 쳐다볼 수가 없었다. 그런데 누나가 걱정스럽게 물었다.

"설마 빵도 안 먹고 동아리까지 하고 온 거야? 나한테 주려고?"

"그건 걱정 마세요. 결석한 친구 것이 남아서 가져온 거예요. 제 빵은 다 먹었어요."

이번에는 재빠르게 준비해 둔 대답을 했다. 그런데 그 순간, 내 배에서 엄청나게 크게 꼬르륵 소리가 났다. 마치 그 말을 기다렸다는 듯, 나도 처음 들어 볼 만큼 무지무지 큰 소리로! 반사적으로 배를 꾹꾹 눌렀지만 소리는 멈출 기미가 없었다.

결석한 친구 것이라고 한 건 거짓말이었다. 고즈에에게 가위바위보를 져서 내 빵을 먹지 않고 가져왔던 것이다.

나는 너무 부끄러워서 얼굴이 새빨개졌다. 누나는 황당한 표정으로 나를 빤히 쳐다보다가 풋, 하고 웃음을 터뜨렸다. 그리고 이내 큰 소리로 웃기 시작했다. 그렇게 웃는 시오리 누나를 여태 한 번도 본 적이 없었다.

"아하하! 아, 미안. 웃으려고 한 건 아닌데……."

시오리 누나는 필사적으로 웃음을 참으려고 했지만 결국 참지 못하고 계속 웃었다. 완전 최악이다. 망신도 이런 개망신이 없다. 이럴 줄 알았으면 마사토가 자기 빵을 나눠 준다고 할 때 냉큼 받을걸. 하지만 이제 와서 후회해 봤자 소용이 없었다.

나는 무뚝뚝한 얼굴로 시치미를 떼며 창피함을 견뎠다. 사실은 너무 창피해서 방에서 뛰쳐나가고만 싶었다. 그런데 시오리 누나의 웃음소리를 들으면서 그런 생각은 서서히 사라졌다. 어느 틈엔가 나도 누나를 따라 웃고 있었다. 누나가 웃었으니까 그걸로 된 것 아닐까?

시오리 누나는 이제 웃다 못해 눈물까지 흘렸다.

"너무 웃어서 눈물이 다 나왔어."

나는 말없이 시오리 누나의 웃음이 멎을 때까지 기다렸다.

"……고마워, 미치하시. 이 빵, 지금 먹어도 돼?"

시오리 누나가 물었다. 내가 고개를 끄덕이자 누나는 비닐 포장을 뜯고 빵을 꺼내 반으로 자른 뒤 한쪽을 나한테 내밀었다.

"아뇨, 전 됐어요."

"그러지 말고 같이 먹자."

시오리 누나가 빙긋 웃었다. 나는 그 미소를 보면서 전에 이 방에서 누나가 흑당 크림빵을 먹고 있던 때를 떠올렸다. 사실은 먹고 싶었지만 거절했던 그날 일을.

나는 머뭇거리면서 시오리 누나가 내민 빵 한쪽을 받았다. 누나가 빵을 먹기 시작하자 나도 한 입 베어 먹었다. 특별한 것은 없었다. 그동안 몇 번이나 먹은 흑당 크림빵 그대로였다. 하지만 나는 이 부드럽고 달콤한 맛을 영원히 잊지 못할 것이다.

"……맛있어."

시오리 누나는 딱 한마디 중얼거린 뒤 말없이 다시 빵을 먹었다. 나도 아무 말 없이 빵을 먹으면서 미소 짓는 누나 얼굴을 힐끔 바라보았다.

마카로니 수프

어정쩡함을 날려 버릴 결의의 맛

초등학교 졸업 앨범에는 반 친구들의 'BEST 3'을 소개하는 장이 있었다. 반에서 가장 성실한 친구, 가장 호감 가는 친구 따위의.

그 'BEST 3'에서 나는 재미있는 친구와 밝은 친구, 운동 신경이 좋은 친구, 많이 먹는 친구까지 4관왕을 차지했다. 인기 있는 친구라는 부문은 없었지만, 만약 있었다면 내가 1위를 했을 것이라고 자신한다.

유쾌하고, 밝고, 운동 신경이 뛰어난 데다 많이 먹기까지 하는 학교 최고의 인기인! 바로 나, 아다치 마사토다.

급식통 바닥에 남은 미네스트로네(여러 가지 채소와 소스 등을 넣어서 만든 이탈리아식 야채수프.)를 탈탈 털어 그릇에 깨끗이 부었을 때, 고즈에가 허겁지겁 뛰어나와 비명을 질렀다.

"헐! 내 것 좀 남겨 놓지!"

“우하하하! 이를 어쩌냐? 고즈에, 이걸로 어제 스카치 에그(삶은 달걀을 고기로 감싼 뒤 튀김옷을 입혀 튀긴 영국 음식.)의 원수는 갚은 거다!”

나는 아까워하는 고즈에를 뒤로하고 의기양양하게 자리로 돌아갔다. 그리고 미네스트로네를 두 그릇째 먹으려는데, 쓰지 선생님 옆에 앉아 있던 라미레스 선생님이 대뜸 영어로 말을 걸었다.

“마사토, 두 유 라이크 미네스트로네 소 머치?”

라미레스 선생님은 영어를 전담하고 있는 원어민 선생님이었다. 얼굴에 수염이 덥수룩한 데다 나무통 같은 단단한 몸집, 그리고 명랑하고 활달한 성격……. 영락없는 미국인이었다. 가끔 우리 교실에 놀러 와 이렇게 급식을 같이 먹곤 했다. 내 영어 성적은 아주 형편없었지만, 라미레스 선생님 시간마다 웃기려고 일부러 아무 말이나 막 해 댔다. 그게 완전 마음에 든 것 같았다.

나는 라미레스 선생님이 한 말을 전혀 알아듣지 못한 채 미치하시를 힐끔 바라보았다. 그러면 미치하시가 무뚝뚝한 목소리로 해석을 해 주었다.

“미네스트로네를 많이 좋아하냐?”

“아아, 예스! 예스, 아이 두!”

대답은 무조건 ‘예스, 아이 두.’ 아니면 ‘노, 아이 돈.’이다. 기운차게 대답했더니, 라미레스 선생님이 웃는 얼굴로 "이야!" 하고는 고개를 끄덕였다. "이야!"는 라미레스 선생님의 입버릇이었다. 아마도 "응." 혹은 "좋아!", "최고!"라는 의미일 터였다. 뒤이어 라미레스 선생님이 서툰 일본어로 말했다.

"마사토는 항상 즐거워서 좋아요. 멋져요."

"예스! 아임, 어, 즐거워! 베리 굿!"

내가 또 한 번 엉터리 영어로 대답하자 주변에서 폭소가 터졌다. "뭔 소리야!", "아임 즐거워라니." 등등 핀잔 아닌 핀잔을 들으면서 나는 라미레스 선생님에게 엄지손가락을 치켜세웠다.

"라미레스도 즐거워, 미 투!

"이야! 아임 즐거워, 미 투!"

라미레스 선생님이 주먹을 치켜들며 응답했다. 얼마나 쿵짝이 잘 맞는지, 다른 선생님들도 제발 본받았으면 좋겠다.

나와 라미레스 선생님의 대화에 주변 웃음소리가 한층 커졌다. 맞은편에 앉은 사사가와가 그 모습을 보고선 언제나처럼 비아냥거렸다.

"마사토는 정말 좋겠어. 낙천적인 데다가 고민도 없는 것 같고."

나는 그 말을 능숙하게 한 귀로 흘려보내고 미네스트로네를 먹으면서 속으로 답했다. 그래, 맞아. 그렇게 보일 거야. 다른 친구들도 모두 그렇게 생각하겠지. 그렇지만 그게 다는 아니란다, 친구들아. 겉보기와 다르게 나도 고민이 있다고.

고민 중 하나는 이번 달부터 다니기 시작한 학원이다. 기말고사 결과가 너무 형편없어서 부모님이 강제로 학원에 등록해 버렸다. 학원은 일주일에 두 번, 저녁 7시부터 9시까지. 농구부 연습으로 완전 녹초가 되어 집에 온 다음, 다시 두 시간이나 공부를 더 해야 한다는 거다. 정말 최악이 아닐 수 없다.

"그러니까 말이야, 현재 진행형 ing는 말이야, 무조건 뒤에 붙이면 되는 게 아니란 말이야. 이걸 보면 알겠지만 자음 플러스 e로 단어가 끝날 때는 말이야……."

말끝마다 '말이야'를 붙이는 학원 선생님의 설명은 도통 무슨 말인지 하나도 이해가 안 되었다. 잘하는 게 없는 다섯 과목 중에서도 영어는 특히나 더 바닥이었다. 라미레스 선생님과 만담을 나누는 건 즐겁지만. 아무튼 자음이니 모음이니 떠들어도 도통 모르겠다니까. 굳이 왜 그런 귀찮은 규칙을 만드냐고요.

머릿속에서 쉬지 않고 딴죽을 걸다 보니 두 시간의 수업이 금방 끝났다. 나는 쓰러지기 일보 직전인 상태로 비틀거리면서 강의실을 나왔다. 그러다 강의실 앞 복도에서 낯익은 남학생을 발견했다. 같은 반이자 전교 1등인 기요노였다. 이 학원에 다니는 같은 반 친구는 기요노밖에 없었다. 물론 기요노는 나와 달리 레벨이 무지 높은 반이지만.

“기요노, 난 이제 끝났어. 전혀 이해가 안 되는 수업을 듣고 있으려니 머리가…….”

금방이라도 숨이 넘어갈 듯이 연기를 하며 호소하자 기요노가 깜짝 놀라 허둥거렸다.

“뭐? 혹시 많이 아파? 집까지 바래다줄까? 아니면 택시 탈래?”

“아하하, 아냐. 괜찮아, 괜찮아.”

나는 금세 멀쩡한 목소리로 돌아가 대답했다. 그러자 기요노는 어안이 벙벙한 표정이 되었다가 실없이 풋, 하고 웃었다. 공부만 하는 우등생한테는 개그 같은 게 안 통할 줄 알았는데. 나는 기요노의 반응을 보고는 어쩌면 생각보다 괜찮은 녀석일지도 모른다는 생각을 했다.

같이 걸어가면서 나는 기요노에게 연방 투덜거렸다.

“대체 왜 이렇게 늦게까지 공부를 해야 하는 거냐? 영어니, 수학이니. 이렇게 공부해 봤자 써먹을 일이나 있겠냐? 안 그래?”

“하하! 그렇지. 하지만 특별히 써먹을 일이 없더라도 새로운 언어를 외우는 건 아주 설레잖아. 수학은 퍼즐 같아서 재미있고.”

기요노의 대답에 그나마 남아 있던 힘이 쭉 빠져 버렸다. 머리가 좋으니까 공부가 힘들지 않겠지, 이런 애는. 나는 농담 반 진담 반으로 기요노에게 물었다.

“기요노 선생님, 어떻게 하면 선생님처럼 머리가 좋아질까요? 특별한 공부 요령 같은 게 있으면 한 수 가르쳐 주십시오.”

“난 그렇게 머리가 좋은 편이 아니야. 외우는 걸 좀 더 잘하는 것뿐이라…….”

“그럼 저번 기말고사에서 영어, 몇 점 받았냐?”

“……97점.”

역시 이 녀석은 적군이야. 97점이면 내 점수의 4배가 넘잖아. 30점만 나눠 줬으면. 휴, 하고 크게 한숨을 내쉬자 기요노가 조심스럽게 말했다.

“마사토, 시험 점수 같은 거 좀 나쁘면 어때? 그렇게 신경 안 써도 될 것 같은데? 넌 점수가 좀 나빠도 운동 신경이 좋고, 무엇보다 반에서 인기가 많잖아.”

“하하, 이거 쑥스럽구먼. 하긴, 내가 좀 잘생긴 데다 인기가 많은 편이긴 하지.”

“아, 응! 맞아. 너, 엄청 재미있어.”

“야, 됐어. 방금 그 말에는 딴죽을 걸었어야지! 그래야 개그가 되는 거라고. 근데 왜 잘생겼다는 말은 빼냐?”

역시, 우등생을 상대로 어리숙한 척하는 건 꽤 어렵다.

……그나저나, 그렇구나. 기요노 눈에 아직 나는 운동을 잘하고 반에서 인기가 있는 위치에 있는 모양이었다. 당황스런 기색이 역력한 기요노에게 계속 장난을 치면서, 나는 속으로 안도의 한숨을 내쉬었다.

기요노 말에 내가 안도한 이유는 사실 내 진짜 고민 때문이다.

학원에 다니는 것도 완전 죽을 맛이지만 그보다 더 큰 고민이 있었다. 바로 내가 언제까지 나인 채로 있을 수 있을까, 하는 것. 무슨 뚱딴지 같은 소리인가 싶겠지만, 요컨대 최근에 내가 정말 심각하게 고민하고 있는 부분이다.

유쾌하고 밝고 운동 신경이 뛰어나고 인기가 많은 아이, 그래서 공부를 잘 못해도 별로 신경 쓸 필요가 없는 사람. 기요노 말처럼 나도 스스로를 그렇게 생각해 왔다. 중학교에 막 입학했을 때까지만 해도.

하지만 몇 번의 시험을 치르고, 그 결과를 눈으로 확인하면서 생각보다 훨씬 내 머리가 나쁘다는 사실을 깨달았다. 전체 성적은 언제나 밑에서 10등 안쪽. 심지어 지난번 기말고사 영어 점수는 22점이었다. 그동안 받아 본 점수 중에서 최하점이었다! 아무리 그래도 이건 큰일인데……. 위기감이 팍 들었다. 안타깝게도 그 초조함이 공부를 열심히 해야겠다는 결심으로 이어지지는 않았지만.

그 대신 운동이라도 특출하게 잘했다면 시험 성적 따윈 별로 개의치 않았을 것이다. 하지만 나는 운동에서도 그다지 만족스러운 활약을 못하고 있었다.

내가 들어간 동아리는 농구부다. 농구는 어릴 때도 자주 했지만 초등학생이 하는 장난 수준일 뿐 제대로 해 본 적은 없었다. 그래서일까? 오랫동안 농구를 해 온 경험자들의 실력을 따라잡기가 여간 어렵지 않았다. 중학생이 된 후 처음 출전한 가을 대회에선 득점 한 번 제대로 못해 본 채 지고 말았다. 지금 반에서 운동 신경이 좋은 순위를 매기면 아마 나는 3위 안에도 들지 못할 것이다.

공부 성적은 밑바닥인 데다가 운동 실력도 딱히 신통치가 않다. 그런 생각 때문에 마음이 도통 개운해지지가 않아서, 요즘은 유쾌하고 밝은 캐릭터도 솔직히 좀 무리라는 생각이 든다. 많이 먹는 건 여전하지만 그동안 유지해 온 인기인 자리도 조만간 누군가에게 빼앗길지 모른다. 그렇게 되면 더는 내가 아니게 돼 버릴 것만 같아서 몹시 불안했다.

그래서 틈만 나면 반 친구들을 웃겨서 지금의 자리를 지키려고 하는 거다. 오늘도…….

"으악! 내 프로세스치즈(두 가지 이상의 천연치즈를 함께 녹인 뒤 향신료 등을 넣고 다시 제조한 치즈.)!"

"하하! 운이 없었네, 마사토. 이걸로 미네스트로네의 원수는 갚은 거다!"

고즈에는 배식하고 남은 치즈를 쟁취한 뒤 의기양양한 얼굴을 했다. 과장되게 탄식하는 나를 보며 친구들은 웃음을 터뜨렸다. 그 소리를 듣고 나서야 겨우 안심이 되었다. 터벅터벅 자리로 돌아가자 맞은편에 앉은 사사가와가 경멸 어린 시선을 보냈다. 중학생이나 돼서 창피하지 않느냐고 말하고 싶은 얼굴.

나도 알아, 안다고. 사실 프로세스치즈 별로 좋아하지도 않고. 하지만 이게 나잖아! 너희도 이런 날 좋아하는 거면서. 옛날에는 이렇게 애쓰지 않아도 됐는데……. 나는 작게 한숨을 내쉬었다, 물론 속으로만.

농구부 연습 장소는 화요일과 금요일은 체육관이고, 나머지 날은 학교 건물 뒤편에 있는 공터였다. 오늘은 공터에서 기초 훈련을 중점적으로 하는 날이었다. 요즘은 농구에도 도통 흥미가 생기지 않아 솔직히 땡땡이치고 싶은 심정이었지만, 같이 가는 미치하시를 생각해서 꾹 참았다. 공터에는 아직 아무도 오지 않았다. 어느 새인가 체육복으로 갈아입고 온 미치하시가 곧바로 가방에서 공을 꺼내며 말했다.

"선배들 오기 전에 농구 연습이나 할래?"

"됐어. 어차피 선배들 오면 바로 훈련 시작할 텐데, 그때까지 그냥 쉴래."

나는 심드렁하게 대답했다. 그런데 미치하시가 무언가 궁금한 듯한 표정을 지었다. 그게 뭔지는 금방 알아채었다.

"참, 누나 어제부터 다시 학교에 가는 것 같던데?"

미치하시의 눈이 잠깐 크게 떠졌다. 잠시 아무 말 안 하더니 그렇구나, 하고 중얼거렸다. 안심하는 듯한 목소리였다.

"뭐야, 난 너한테 자랑한 줄 알았지."

"시오리 누나가 그런 거 자랑할 사람이냐? 추천하고 싶은 책이 있으니까 조만간 오라는 메시지는 받았어. 오늘 가도 돼?"

그래, 하고 나는 대답했다. 한동안 등교 거부를 하던 누나가 다시 학교를 가게 된 건 아마 미치하시 덕분일 거다. 역시 이 녀석에게 부탁하기를 잘한 것 같다. 쑥스러워 말로 표현하지는 못했지만, 미치하시에게 새삼 고마운 마음이 들었다.

나는 뒤편의 높은 담장에 턱걸이하듯 매달려 올라간 다음, 그 위에 털썩 걸터앉았다. 미치하시는 건물 벽을 상대로 혼자 농구 연습을 하기 시작했다. 원래도 열심히 하는 녀석이긴 하지만, 주말에 다른 학교와 연습 경기가 있기 때문에 더 의욕이 넘치는 듯했다.

하지만 상대는 얼마 전 지역 대회에서 준우승을 한 실력 있는 학교였다. 아무리 열심히 시합 준비를 한다 해도 참패할 게 뻔했다. 나는 땀까지 뻘뻘 흘려 가며 공을 던지는 미치하시의 모습을 마치 남의 일인 양 무심하게 내려다보았다.

중학교에 입학해 농구부에 막 들어갔을 때는 나도 미치하시처럼 연습에 불타 있었다. 농구부를 선택한 이유는 초등학교 때 읽은 만화 때문이었다. 그 만화 주인공처럼 화려한 기술로 전국의 모든 학교를 제패하는 꿈을 꿨다.

하지만 나는 운동 신경이 남들보다 조금 더 좋은 농구 초짜일 뿐이었다. 농구부 안에는 나보다 농구를 훨씬 잘하는 선배들이 많이 있었고, 그 선배들조차 지역 대회의 문턱을 넘지 못했다. 나 정도의 실력을 가진 녀석은 아무리 죽어라 연습해도 전국 제패는커녕 지역 대회 우승도 무리였다. 그 사실을 깨닫고 나자 목표는 한순간에 사라졌다. 성실하게 연습해서 실력을 높이겠다는 의욕도 더는 생기지 않았다.

나는 공이 벽에 부딪히는 소리를 들으면서 노을 진 하늘을 바라보았다. 옛날부터 높은 곳에 오르는 걸 좋아했다. 높이 오르면 오를수록 기분이 좋아졌다. 그런데 지금은 전혀 기분이 좋지 않았다. 이렇게 두 손 놓고 멍하니 있어도 되는 걸까…….

"헤이!"

그때 갑자기 커다란 목소리가 들렸다. 소리가 나는 쪽으로 돌아보자 학교 건물 2층 창문에서 라미레스 선생님이 고개를 내밀고 있었다.

"마사토, 비 케어풀!"

뭐라고? 컬러풀? 체육복은 남색이어서 그저 칙칙할 뿐 전혀 컬러풀하지 않은데……. 아무렴 어때?

"이야! 아임 컬러풀, 땡큐!"

있는 힘껏 팔을 흔들며 대답하다가 그만 균형을 잃고 말았다. 이대로 떨어지기 전에 내 힘으로 내려가야겠다는 생각에 다급하게 땅으로 뛰어내렸다. 탁! 그럭저럭 무사히 착지했는데……. 뭐지, 중력 때문인가? 자꾸 앞으로 쏠리는 느낌이……. 겨우 왼손으로 땅을 짚었는데, 시야가 기우뚱했다.

병원에 갔더니 왼손 손목 골절이었다. 골절이라고 하기엔 약간 금이 간 정도지만, 다 나으려면 한 달은 걸린다고 했다. 완전 재수 옴 붙었다.

다음 날, 내가 팔에 깁스를 하고 나타나자 교실이 순식간에 떠들썩해졌다.

“마사토, 팔이 왜 그래?”

“아아, 별것 아냐. 어제 농구 연습을 너무 열심히 했나 봐. 명예로운 부상이지.”

“웃기고 있네. 오쿠보한테 들었어. 연습 전에 담장에서 떨어졌다며?”

“어허, 떨어진 게 아니라 착지한 뒤에 넘어진 거지. 말은 똑바로 해라!”

“그게 그거지. 하긴 너답긴 하다.”

하루가 지났는데도 손목은 여전히 욱신거렸다. 하지만 깁스를 했다고 해서 괴로운 얼굴을 하고 있을 수는 없었다. 나는 학교에 있는 동안 교실 곳곳을 기웃거리면서 애써 활기찬 척을 했다.

방과 후 다시 병원에 갔을 때 대기실은 사람들로 몹시 북적였다. 30분 넘게 기다렸는데도 내 이름은 불리지 않았다. 휴대폰도 없는 데다, 대기실에 있는 만화책도 한 손으로는 읽을 수가 없었다. 별수 없이 가만히 앉아만 있으려니 지루해 미칠 지경이었다.

딱딱한 소파에 축 늘어져 앉았다. 대기실에 아는 사람은 아무도 없었다. 나는 단숨에 침울해졌다. 어쩌다 이렇게 다쳤을까. 그렇게 높은 데에 올라가는 게 아니었는데. 아니, 팔을 들지만 않았어도……. 후회스런 마음이 점점 더 커져 갔다.

아니야, 이러면 안 돼. 나는 고개를 세차게 흔들었다. 이렇게 처져 있는 건 내 캐릭터가 아니니까. 뼈에 금이 가면서 얻게 되는 긍정적인 면을 생각해 보기로 했다.

우선, 다 나을 때까지 이걸로 웃길 수 있다. 이렇게 아프니까 어쩔 수 없이 공부나 숙제도 못 할 테고, 동아리도 한동안은 당당하게 쉴 수 있겠지. 그리고 주말에 있는 연습 경기에 안 나가도 되고. 이거, 완전 땡큐네! 처음부터 상대가 안 되는 걸 알면서 덤볐다가 너덜너덜해지고 싶지는 않으니까. 뭐야, 다치는 것도 꼭 나쁜 일은 아니잖아.

그렇게 웃어넘기려다가 불현듯 정신이 번쩍 들었다.

대체 지금 무슨 생각을 하는 거지? 이게 정말 내 진심이라고? 어제까지만 해도 비슷한 생각을 하긴 했다. 하지만 지금은 그런 생각을 하는 나 자신이 진짜 못나게 느껴졌다.

공부는 최악에다 운동 실력도 별로인데, 뭐 하나 열심히 하려는 생각도 없다. 지금도 골절을 핑계로 공부와 동아리에서 도망치려고만 하고 있잖아! 이렇게 초라한 인간이면서도 인기는 계속 누리고 싶고……. 내 개그에 깔깔 웃던 친구들이 언젠가 나를 떠나가면 어떡하지? 나는 더럭 겁이 났다.

"정말 못 봐 주겠네……."

나는 지저분한 병원 바닥을 바라보며 중얼거렸다.

초등학생일 때 나는 분명 교실 한가운데에서 반짝반짝 빛나고 있었다. 그런 내가 좋았다. 하지만 지금은 나 자신이 싫다고 느끼는 중이었다. 어쩌다 이렇게 됐을까? 갑자기 손목이 시큰거렸다. 통증이 더 심해진 것 같아 하마터면 눈물이 날 뻔했다.

그렇게 실컷 기다렸는데, 정작 진찰 시간은 의사 선생님이 손목 상태를 슬쩍 보는 걸로 끝났다.

나는 완전히 우울해진 기분을 바닥에 질질 끈 채 진료실에서 나왔다. 내일부터 다시 유쾌하고 밝은 모습을 할 수 있을까? 솔직히 자신이 없었다.

집으로 돌아가는 길, 학교 앞을 지나가는데 체육관에서 농구공 튕기는 소리가 들렸다. 농구부원들이 아직도 연습을 하는 모양이었다. 구경이라도 할까 싶었지만 금방 포기했다. 그래 봤자 기분만 더 가라앉을 테니까. 그 자리에서 도망치듯 벗어나려고 했다. 그때 어디선가 익숙한 목소리가 들렸다.

"마사토, 웨잇!"

깜짝 놀라서 뒤돌아보자 라미레스 선생님이 커다란 몸을 흔들면서 쿵쿵쿵 뛰어왔다. 나는 순간적으로 활짝 웃어 보였다.

"오오, 라미레스! 헬로, 헬로!"

라미레스 선생님은 내 앞에 도착하자 가쁜 숨을 고르며 물었다.

"마사토, 손은 괜찮아요?"

"네, 손목에 살짝 금이 간 것뿐이에요. 괜찮아요, 괜찮아. 아임, 어……."

영어로 '괜찮다.'가 뭐더라? 생각이 나지 않아 눈동자를 이리저리 굴리는데, 라미레스 선생님이 잠깐만 기다리라고 하더니 근처 자판기로 뛰어가서 뭔가를 사와 나에게 건넸다. 따뜻한 밀크티 캔이었다.

"칼슘 섭취하면, 뼈, 빨리 나아요, 메이비."

그 말에 나도 모르게 웃음이 터졌다. 흰 우유도 아니고 달짝지근한 밀크티를 먹고서 빨리 나을 리가 있나? 그렇게 생각했지만 이렇게 재미있는 소재를 그냥 버리는 건 아까운 일이었다. 라미레스 선생님이 캔을 따 주자, 나는 뜨거운 밀크티를 단숨에 벌컥벌컥 마시고선 짐짓 목소리에 힘을 주어 말했다.

"오오오, 칼슘 파워! 뼈가, 뼈가……."

"오, 정말? 이야아!"

"나앗, 지 않아!"

"오오, 노!"

라미레스 선생님이 두 손으로 머리를 감쌌다. 역시 라미레스 선생님은 잘 받아 준다니까. 방금 진짜 재밌었는데, 교실에서 하면 완전 대박일 거야. 그런 생각을 하면서 웃다가 문득 조금 전의 침울한 감정이 또다시 떠올랐다. 금세 어두워진 내 표정을 보고 라미레스 선생님이 걱정스럽게 물었다.

"마사토, 지금 아주 많이 우울해 보여요."

"제가요? 전혀. 아임 즐거워, 이야!"

나는 짐짓 허세를 부렸다. 그런데 그 순간, 라미레스 선생님이 큰 소리로 "미안해요!" 하더니 힘차게 고개를 숙였다. 나는 깜짝 놀라 그대로 굳어 버렸다. 라미레스 선생님이 말을 이었다.

"어제 내가 일본어로 주의를 줬으면 마사토는 분명 뼈가 부러지지 않았어요. 그래서 아임 소리, 미안해요."

"아, 아니에요! 그게 왜 선생님 탓이에요? 제가 우울한 건 다쳐서가 아니라고요!"

너무 당황한 나머지, 아니라고 말하려다가 내가 우울하다는 걸 인정해 버렸다. 라미레스 선생님이 고개를 갸웃하더니 나를 빤히 바라보았다.

나는 잠시 망설이다가 라미레스 선생님에게 솔직하게 털어놓기로 결심했다. 반 친구들이나 다른 선생님에게라면 절대로 말 안 하겠지만, 라미레스 선생님이라면 괜찮을 것 같았다. 다른 사람들에게 소문내지 않을 것이라는 믿음이 있었다.

"그게, 요즘 저 스스로가 너무 형편없는 녀석이라는 생각이 들어서요. 시험 점수는 바닥이고, 그나마 운동은 좀 했는데 지금은 별 볼일 없고. 그런데도 공부나 운동을 열심히 해야겠다는 마음이 안 들어요. 그냥 다 포기하게 되는데, 주변 친구들이 절 어떻게 볼지만 신경 쓰이니까 그게 또 한심해서 우울해지고……."

막상 입을 열자 마치 댐이 터진 것처럼 말이 술술 새어 나왔다. 내 철없는 하소연을 듣는 라미레스 선생님의 표정은 뭔가 아리송했다. 내 일본어가 제대로 전달되었는지 잘 모르겠다. 사실 제대로 전달되지 않았다 해도 상관없었다. 그동안의 고민을 입 밖으로 내뱉었더니 가슴에 턱 하고 막혀 있던 게 쑥 내려간 듯 시원해졌다. 그러다 문득 이렇게까지 미주알고주알 다 말해도 되는 건가 싶어서 창피한 마음이 들었다.

그런데 가만히 듣고 있던 라미레스 선생님이 갑자기 낮은 목소리로 말했다.

"마사토, 사실 나는 무사 수행을 위해 일본에 왔어요."

“무사 수행?”

무슨 말인가 싶어서 라미레스 선생님의 말을 그대로 따라 하며 되물었다. 무사 수행이라면 자신을 단련시킨다는 뜻인가?

“여기에 오기 전에 나도 정말 형편없는 사람이었어요. 공부 못해, 운동 못해, 성격 어두워, 친구 없어, 아무것도 못해, 아무것도 안 해. 그런 나 자신을 바꾸고 싶어서 일본에 온 거예요. 아는 사람도 없고 말도 통하지 않는 나라에서 열심히 살면 형편없는 내가 달라질 거라고 생각했거든요.”

라미레스 선생님은 서툰 일본어로 더듬더듬 진지하게 말했다. 늘 밝고 쾌활한 라미레스 선생님을 보며 애초부터 명랑한 사람일 거라고 생각했는데, 이건 정말 뜻밖의 말이었다. 그렇다면 라미레스 선생님은 달라졌다는 뜻이겠지?

“저도 외국에 나가서 혼자 살면 달라질까요?”

나도 모르게 그런 말이 입에서 흘러나왔다. 나도 달라지고 싶으니까, 초라한 내 모습을 완전히 바꾸고 싶으니까. 하지만 어떻게 혼자서 외국에 갈 수 있을까. 고작 중학생인 내가.

그때 라미레스 선생님이 내 마음을 읽기라도 한 듯이 말했다.

“외국에 안 가도 괜찮아요. 직접 해 보고 알았어요. 중요한 건 마음, 달라져야겠다는 마음만 있으면 아주 작은 계기로도 얼마든지 달라질 수 있어요."

라미레스 선생님은 자신의 가슴을 두드리면서 열정적으로 말했다. 나는 그런 라미레스 선생님을 나답지 않게 자못 진지한 얼굴로 응시했다. 다른 때라면 왜 이렇게 무게를 잡고 그러세요, 하고 한 소리 했을 텐데. 하지만 나는 어떻게 대답해야 할지 몰라 그냥 어설프게 웃고 말았다.

"……그럴까요?"

"이야, 유 캔 체인지 유어셀프."

"첸지?"

"노, 노, 체인지."

라미레스 선생님은 주머니에서 수첩을 꺼내 'change'라고 적었다. 아하, 체인지는 이렇게 쓰는구나. 라미레스 선생님을 따라 발음을 굴려 체인지, 하고 말해 보았다. 뭔가 더 무게가 느껴지면서 달라지고 말겠다는 듯 다짐의 느낌이 났다.

"리피트 애프터 미. 체인지."

"체, 체인지."

"굿. 유 캔 체인지 유어셀프."

"유 캔 체인지 유어셀프."

"퍼펙트! 봐, 마사토! 하면 돼요. 마사토도 분명히 달라질 수 있어요!"

라미레스 선생님이 웃는 얼굴로 주먹을 내밀었다. 나는 다치지 않은 손으로 주먹을 쥐고서 탁 부딪쳤다. 달라질 것 같지도 않고 달라질 자신도 없었지만, 주먹과 주먹이 부딪친 순간 마음이 조금 가벼워진 듯한 기분이 들었다.

그날 이후 아다치 마사토는 달라졌다. 공부는 물론 농구에도 진지하게 임했다. 시험 성적은 급상승! 동아리에서 부동의 에이스로서 팀을 전국 제패로 이끌고 고등학교를 졸업한 뒤에는 미국 NBA에서 크게 활약하여 농구계 역사에 이름을 남겼다……면, 장래에 내가 정말 유명해져서 텔레비전에 나왔을 때 라미레스 선생님과 나눈 대화를 감동적인 에피소드로 소개할 수 있을 것이다.

하지만 현실은 아니었다. 라미레스 선생님과 헤어져 집에 돌아간 후, 나는 하염없이 텔레비전을 보다가 가족들과 저녁을 먹었다. 깁스한 팔을 어정쩡하게 들고 겨우겨우 샤워를 마친 뒤엔 또다시 멍하니 버라이어티 방송을 보다가 잠자리에 들었다. 이불 속에 들어가서야 수학 숙제가 있다는 게 생각났지만, 내일 미치하시나 신고한테 보여 달라고 해야겠다고 생각했다.

별다를 것 없는 하루를 보내면서도 라미레스 선생님이 해 준 말은 내 머릿속에 콕 박혀서 떠날 줄을 몰랐다. 그다음 날이 되어서도, 미치하시에게 숙제를 보여 달라고 거의 빌다시피 하며 사정사정할 때도, 수학 시간에 호명됐지만 답을 몰라서 적당히 웃음을 끌어내 어벌쩡 넘길 때도, 그러다 점심시간이 되어 내 자리에 멍하니 앉아 있을 때도.

손목의 통증은 서서히 가라앉기 시작했지만, 라미레스 선생님의 목소리는 머릿속에서 점점 더 선명해지고 있었다.

"아주 작은 계기로도……."

나는 나지막이 중얼거렸다. 말은 쉽게 해도 그런 게 여기저기 굴러다닐 리가 없었다. 하지만 만약 계기가 생긴다면…….

한창 그런 생각에 잠겨 있을 때 미치하시가 내 급식을 받아 왔다. 한 손으로 식판을 들고 오기가 위험할 것 같다며 내 몫까지 받아 온 것이다.

"자, 수프는 특별히 많이 받아 왔어."

"음, 수고가 많구먼. 거기 두시게나."

내가 일부러 거들먹거리며 대답하자 미치하시가 식판을 도로 홱 가져가 버렸다. 나는 "정말 감사합니다!" 하고 온 힘을 다해 고개를 숙였다.

오늘 급식은 코페 빵, 브로콜리를 버무린 미트볼, 그리고 마카로니 수프였다. 그중에서 마카로니 수프는 내가 좋아하는 음식 중 하나였다. 알파벳 모양의 작은 마카로니가 들어간 콩소메 수프로, 그 안에 들어 있는 메추리알이 특히 맛있다. 나는 수프를 빤히 들여다보면서 메추리알이 몇 개 들어 있는지 세다가 문득 무언가를 보고 말았다.

수프에 떠 있는 알파벳 마카로니가 낯익은 순서로 늘어서 있었다. C, H, A, N, G, E?

"미치하시, 이거 혹시 체인지 아냐? 체인지."

"왜 그렇게 쓸데없이 발음만 좋냐? 응, 체인지 철자가 맞네."

역시……. 옆에 앉은 신고도 고개를 빼고 내 수프 그릇을 들여다보며 말했다.

"야, 네가 어떻게 체인지 스펠링을 다 아냐? 근데 이거 엄청난 확률 아니야?"

엄청난 정도가 아니지. 딱 이 철자 순서대로 마카로니가 늘어선다는 건 거의 기적에 가까운 확률 아닐까? 기적적, 아니면 운명적?

등골이 오싹해졌다. 이게 바로 그 '아주 작은 계기'인 게 아닐까? 이게 계기가 아니면 뭘까? 이러면 변하지 않을 수가 없잖아! 마치 몸에 들어 있는 작은 스위치가 달칵 켜진 것처럼 울적했던 기분이 단숨에 급상승했다.

당번인 고즈에가 "잘 먹겠습니다!" 하고 외치자 모두가 급식을 먹기 시작했다. 나는 평소보다 세 배는 큰 목소리로 "잘 먹겠습니다!"를 외친 뒤 수프에 떠 있는 'CHANGE' 마카로니를 한데 그러모았다. 숟가락으로 조심스럽게 마카로니를 떠서 입안 가득 넣고 속으로 체인지, 하고 읊으면서 꿀꺽 삼켰다. 그리고 엄청난 기세로 우적우적 급식을 먹기 시작했다. 주변 친구들이 이상하다는 듯이 쳐다보는 게 느껴졌지만 그런 건 아무래도 상관없었다. 나는 순식간에 수프를 싹 비운 뒤 빈 그릇을 미치하시에게 내밀었다.

"미치하시, 미안한데 수프 좀 더 갖다줘!"

"어, 어……."

미치하시가 당황한 듯 그릇을 받아 들고 자리에서 일어났다. 이어서 나는 빵과 우유도 단숨에 먹어 치운 뒤 신고에게 말했다.

"너, 항상 우유 남기던데. 안 마실 거면 나 줘라."

"응, 근데 너무 많이 마시면 배탈 나는 거 아니야?"

"괜찮아. 빨리 손목 나아서 농구하고 싶거든. 그러려면 칼슘을 많이 먹어야지."

사사가와가 "그런다고 뼈가 얼른 나을 리가 없잖아." 하고 딴죽을 걸었지만, 나는 개의치 않고 신고가 준 우유를 꿀꺽꿀꺽 마시기 시작했다.

아아, 정말로 빨리 농구부로 돌아가고 싶다. 아니지, 팔은 다쳐도 다리 훈련은 할 수 있잖아. 그렇다면 오늘부터 맹훈련 시작이다. 그리고 정식으로 연습 시작하면 '어차피 무리' 같은 한심한 소리는 절대 안 할 거다. 엄청 열심히 해서 센 녀석들 코를 납작하게 해 줄 테다. 만화에서처럼 기적의 전국 제패를 하고 말 테다!

그리고 공부도! 내가 언제까지나 밑바닥일 줄 알고? 하지만 성적 톱은 농구 전국 제패보다 더 어려울 테니까, 우선 다음 시험에서 전 과목 평균 이상 받기에 도전해야겠다.

덧붙여서 영어 회화도 제대로 해 보고 싶었다. 언젠가 라미레스 선생님에게 저도 달라졌어요, 하고 영어로 말하고 싶으니까.

조금 전까지만 해도 한없이 우울했는데, 거짓말처럼 의욕이 불끈불끈 솟아났다. 나는 우유를 다 마시고 미치하시가 더 가져다준 마카로니 수프도 깨끗이 비운 다음, 벅차오르는 기분을 참지 못하고 힘차게 소리를 질렀다.

"이야!"

초코우유

짜릿할 만큼 강렬한 용기의 맛

"누구를."

국어를 가르치는 모리 선생님이 낭랑한 목소리로 패를 읽었다.

나는 처음 두 글자를 듣자마자 정면으로 보이는 상대 팀 쪽에 있던 패에 팔을 뻗었다. 그리고 조심스러운 목소리로 대답했다.

"네."

다음 주 열리는 교내 햐쿠닌잇슈 대회(가인 100명의 노래를 한 수씩 모은 것으로, 진행자가 윗구를 읽으면 그와 맞는 아랫구가 적힌 카드를 누가 더 많이 빨리 쟁취하는가를 다투는 놀이.)를 위해서 국어 시간에 3대 3으로 편을 나눠 겐페이센(햐쿠닌잇슈 놀이 방법 중 하나로, 각 팀이 패를 50매씩 가지고 있다가 먼저 소진한 팀이 이긴다.)을 연습하는 중이었다.

교실 바닥에는 패가 아직 30매 넘게 남아 있었지만, 내가 찾은 패는 이미 50매가 넘었다.

겨울 방학 숙제 중에 햐쿠닌잇슈 암기가 있어서 전부 외워 둔 덕택이었다. 다른 친구들은 그다지 열심히 외우지 않은 모양이었다. 그렇다고 이렇게 혼자서 패를 독점하면 오히려 마음이 불편했다.

"그래, 그럼 게임은 아직 안 끝났지만 수업 시간은 거의 끝났으니까 오늘은 여기까지만 하자. 자, 빨리 패를 정리하고 책상도 제자리에 돌려놓도록."

모리 선생님이 지시했다. 내가 패를 정리하려는데 같은 팀인 마사토가 말을 걸었다.

"야, 대박. 너, 햐쿠닌잇슈 귀신이냐?"

"그, 그럴 리가! 난 그냥 외우는 걸 좀 잘하는 거야. 겐페이센도 오늘 처음 해 보는 거고……."

"야, 정말 대박인걸. 기요노랑 같이하면 우승도 할 수 있겠다!"

옆에 앉아 있던 고즈에까지 거들었다. 그 틈을 놓칠세라 마사토가 고즈에를 놀렸다.

"우승? 그럼 더 분발해라. 2매밖에 못 찾았잖아."

"이제부터 열심히 할 거야. 쳇, 그러는 저도 2매뿐이면서."

나는 왁자지껄하게 떠드는 두 사람 사이에서 어색하게 같이 웃었다. 제비뽑기로 같은 팀이 되었지만 사실 내내 마음이 무거웠다. 마사토와 고즈에가 싫은 건 아닌데도 그냥 좀 불편했다.

그 둘은 나와 정반대의 사람이니까.

오늘은 급식 메뉴로 우유에 타 먹는 초코 분말이 나오는 날이다. 나는 이 초코 분말을 남몰래 기다리곤 했다. 더 달달해서일까? 이 분말을 탄 우유가 시중에 파는 초코우유보다 더 맛있다는 생각이 들었다.

초코 분말이 담긴 비닐 포장지를 막 뜯고 있을 때 어디선가 커다란 목소리가 들렸다.

"자, 여기 주목!"

마사토가 우유갑을 높이 쳐들고 의자 위에 올라서 있었다.

"개봉 박두! 10배 농축된 초특급 고농축 초코우유를 원샷해 보겠다!"

그러자 주변에서 박수와 환성이 터져 나왔다. 마사토의 식판 위에는 친구들에게서 모은 초코 분말 봉지가 한가득 쌓여 있었다. 마사토는 기세 좋게 우유를 마시는가 싶더니 곧바로 빨대에서 입을 떼고 "으악! 달아, 달아도 너무 달아!" 하고 소리쳤다. 그 모습을 본 친구들이 또 한 번 크게 웃었다.

"마사토, 먹는 거 가지고 장난치면 못써."

쓰지 선생님이 주의를 주었지만 마사토는 아랑곳하지 않았다.

다시 빨대를 입에 물더니 이번에는 단숨에 쭈욱 빨아들였다. 그러고는 "이야!" 하고 빈 우유갑을 높이 들어 올렸다. 다시 우레와 같은 박수와 환호성이 터졌다. 마사토는 단상 위에 선 운동선수처럼 장난스럽게 경례를 한 다음 의자에서 내려와 자리에 앉았다.

나는 감탄 어린 표정으로 마사토를 멍하니 바라보았다. 역시 마사토다. 저렇게 많은 초코 분말을 모으는 건 인기 있는 마사토만이 가능한 일이었다. 마사토는 친구와 연신 장난을 치면서 급식을 먹고 있었다. 그 모습을 빤히 보다가 고즈에 쪽으로 시선을 옮겼다.

고즈에도 손에 든 빵을 먹으면서 친구와 수다를 떨고 있었다. 고즈에 책상에는 우유갑과 초코 분말 봉지가 두 개씩 있었다. 오늘은 결석한 사람이 없으니까, 아마 친구들 중 누군가가 주었을 것이다. 마사토만큼 인기가 있는 건 아니지만, 고즈에도 너글너글한 성격이어서 늘 친구들로 둘러싸여 있었다.

마사토와 고즈에, 둘 다 나와는 정반대 성향의 애들이다. 나한테는 초코 분말을 선뜻 건네줄 친구가 없다. 밥을 먹으면서 즐겁게 얘기를 나눌 친구도.

딱히 따돌림을 당하는 건 아니었다. 다만 교실에서 같이 어울리지 못할 뿐이었다. 초등학교 때부터 자각은 했지만, 중학교에 온 뒤로 주변 친구들과 거리를 느끼는 일이 한층 더 많아졌다.

이유는 여러 가지다. 원래 혼자 노는 걸 좋아하는 편이기도 하고, 다른 친구들이 좋아하는 만화나 텔레비전 방송을 챙겨 보지 않아서 화젯거리를 따라가지 못하기도 한다. 아마도 가장 큰 이유는 내가 공부를 좋아하는 별난 인간이기 때문일 것이다.

물론 지루한 수업은 좋아하지 않는다. 하지만 어려운 문제를 푸는 건 재미있고 새로운 것을 외우는 건 설렌다. 겨울 방학 숙제였던 햐쿠닌잇슈도 패를 모두 외울 필요가 없다는 걸 알고 있었다. 그런데 일단 외우기 시작하자 도저히 멈출 수가 없어서 전부 다 외워 버렸다.

공부를 좋아하는 성격인 데다가 암기를 잘하는 덕에 모든 시험에서 줄곧 전교 1등을 유지해 왔다. 그 성적도 한몫을 했을 것이다. 실제로 "기요노는 너무 모범생이라서 대하기가 좀 어려워."라는 말을 듣기도 했다. 아마 그런 식으로 주변에서 모두 나를 멀리하고 있는 듯했다.

원래 성격이 그런 걸 어쩌겠어? 혼자 있는 게 싫은 것도 아니고. 평소에는 그렇게 받아들이지만 가끔은 친구들에게 둘러싸여 있는 마사토와 고즈에가 부러웠다.

나는 우유에 초코 분말을 타서 잘 섞은 다음 한 모금 마셨다. 음, 역시 맛있어. 이 맛있는 걸 가지고 어떻게 실험할 생각을 하지? 아까워.

생각은 그렇게 하면서도 내 시선은 어느새 마사토 책상 위에 놓인 우유갑을 향하고 있었다. 마치 눈부신 것이라도 보는 양 눈을 가늘게 뜨고.

마사토가 마신 '초특급 고농축 초코우유'의 맛을 난 영원히 모를 것이다.

다음 국어 시간에도 햐쿠닌잇슈 대회를 준비했다.

"아싸, 우리가 이겼다!"

정면에 앉은 가와노가 환성을 질렀다. 마지막에 남은 패 2매를 아주 간발의 차로 가와노에게 빼앗긴 것이다. 아무리 모든 패를 외우고 배치를 잘 기억해도 순수하게 반사 신경을 겨루게 되면 늘 내가 불리해진다.

교내에서 열리는 햐쿠닌잇슈 대회는 겐페이센 경기와는 규칙이 조금 다르다. 팀 간에 서로 패를 주고받는 일 없이 100매를 모두 찾을 때까지 진행하는데, 이 시합을 두 번 해서 더 많은 패를 획득한 팀이 우승한다.

이번 연습에서 나는 40매를 찾았다. 마사토가 5매, 고즈에가 4매. 합계 49매로 우리가 졌다. 당연한 말이지만 나 혼자 힘만으로 우승을 차지하는 건 도저히 무리일 듯했다.

5매를 찾은 마사토가 4매를 찾은 고즈에를 놀렸다.

"야, 겨우 그거 찾았냐? 그래 가지고 무슨 우승이냐?"

"시끄러워, 나도 알아!"

고즈에가 거칠게 대꾸했다. 한 번도 들어 본 적 없는 날카로운 목소리에 나는 흠칫 놀랐다. 고즈에도 자기 목소리에 깜짝 놀란 듯했다.

"……미안, 다음 연습까지 더 외워 올게."

고즈에는 어색하게 우리 시선을 피했다. 뒤이어 모리 선생님이 말했다.

"이제 대회 날까지 각자 연습하도록 해. 다음 시간부터는 진도 나갈 테니까 그렇게 알고."

"에이, 대회 때까지 계속 햐쿠닌잇슈 연습하는 거 아니에요?"

고즈에가 불만을 토로했다. 그 모습을 보고 나는 조금 의아한 생각이 들었다. 왜 저렇게 우승에 목매는 걸까? 원래 햐쿠닌잇슈를 잘하지도 않고 좋아하지도 않는 것 같은데. 반대쪽으로 고개를 슬쩍 돌리자, 마사토 역시 의아한 표정을 짓고 있었다.

방과 후, 교실에서 막 나가려는데 고즈에가 나를 불러 세웠다.

부탁할 게 있다는 말에 나는 지레 긴장을 했다. 고즈에는 조심스럽게 말했다.

"햐쿠닌잇슈, 특훈하려는데 같이해 줄래?"

"특훈……? 그런 걸 왜 나한테 부탁해?"

"그야 네가 햐쿠닌잇슈를 엄청 잘하잖아. 넌 똑똑하니까 남한테도 잘 가르쳐 줄 것 같고. 그리고 우리, 같은 팀이잖아."

하지만 나는 단지 외우는 걸 잘하는 것뿐인데. 가르치는 걸 잘하는 건 아니다. 아니, 애당초 남에게 뭔가를 가르쳐 본 경험이 거의 없다. 내가 난처해하자 고즈에가 말을 이었다.

"나, 정말로 우승하고 싶어. 그러니까 학교 수업 끝나고 잠깐이라도 도와주면 안 될까?"

그 간절한 눈빛에 나도 모르게 시선을 피했다.

우승에 왜 이렇게 집착할까? 이유가 어찌 되었든 간에 방과 후에는 학원 숙제도 해야 하고 읽고 싶은 책도 있다. 무엇보다 고즈에와는 평소에 대화도 잘 나누지 않는 사이라는 게 마음에 걸렸다. 그런 상대와 둘이서 특훈이라니. 생각만 해도 완전 거북했다.

"미안, 방과 후에는 이것저것 할 일이 많아서……."

내가 우물거리며 대답하자 고즈에는 시무룩한 목소리로 알았어, 하고 눈을 내리깔았다. 그러다 곧 미소를 활짝 지으며 말했다.

"아냐, 내가 미안해. 이상한 부탁을 해서. 적어도 너한테 방해는 안 되게끔 연습을 할게. 그럼 경기 때 봐!"

그리고 고즈에는 교실로 돌아갔다. 억지로 밝은 표정을 짓는 것 같아서 나도 모르게 잠깐만, 하고 불러 세울 뻔했지만 간신히 그 말을 삼켰다.

내가 돕지 않아도 고즈에는 친구들이 많이 있으니까 괜찮을 거다. 특훈을 같이할 사람이라면 나보다 그 친구들한테 부탁하는 편이 분명 더 나을 테고.

나는 애써 스스로를 타이르면서 그 자리를 떠났다.

그다음 날부터 고즈에는 친한 친구들과 햐쿠닌잇슈 특훈을 시작했다. 부탁을 거절한 게 내심 마음에 걸렸는데, 그 광경을 보니 괜스레 안심이 되었다.

하지만 특훈은 별로 순조로워 보이지 않았다. 고즈에는 친구들이 가르쳐 주는 대로 열심히 따라 하다가도, 무언가 잘 안 풀리는지 도중에 번번이 머리를 두 손으로 감쌌다.

혹시 노래를 통째로 다 외우려는 걸까? 패의 첫 번째 글자를 이해하는 게 좋을 텐데. 이제 시간이 별로 없으니까 외울 패를 추려야 할 텐데……. 정작 도움을 거절한 주제에 마음속으로는 계속 훈수를 두고 있었다.

고즈에와 친구들을 계속 흘끔거리다가, 갑자기 고개를 든 고즈에와 눈이 딱 마주쳤다. 나는 깜짝 놀라서 허둥지둥 다음 수업을 준비하는 척했다.

오후 수업이 끝나고 배트민턴부 연습이 시작되었다. 체력이라곤 전혀 없는 나는 일찌감치 지쳐서 체육관 벽 쪽에 주저앉아 쉬고 있었다. 조금 지나자 야마자키가 말을 걸어 왔다.

"괜찮아?"

같은 반은 아니지만 야마자키는 배트민턴부 동급생 중에서 가장 이야기를 많이 나누는 친구였다. 응, 고마워, 하고 대답하다가 문득 이런 생각이 들었다.

만약 내가 하쿠닌잇슈 특훈을 해 달라고 부탁하면 야마자키는 받아 줄까? 고즈에의 친구들처럼.

그런데 그때, 야마자키가 대뜸 이렇게 물었다.

"참, 너 일요일도 학원 가?"

"아니, 왜?"

"아, 지난 일요일에 왜 노래방에 안 왔나 싶어서."

"노래방?"

내가 고개를 갸웃하자 야마자키가 아차, 하는 표정을 지었다. 궁금해서 자세히 물어보았더니, 지난주 일요일에 나를 제외한 배트민턴부 1학년들이 역 앞 노래방에 놀러 간 모양이었다. 야마자키는 "미안!" 하고 두 손바닥을 마주 모으며 사과했다.

"너한테도 얘기한 줄 알았어. 근데 갑자기 정해진 거라서 연락을 못 한 게 아닐까? 너, 휴대폰이 없잖아. 아니면 네가 노래방을 싫어한다고 생각했거나……."

허겁지겁 둘러대는 야마자키에게 나는 괜찮아, 신경 쓰지 마, 하고 미소로 얼버무렸다.

아마 야마자키가 말한 이유가 맞을 것이다. 동급생 애들이 악의가 있어서 나한테만 연락을 안 한 건 아닐 테니까. 그리고 만약 실제로 나한테 가자고 말했어도 안 갔을 게 뻔했다. 유행하는 노래도 전혀 모르는 데다 용돈도 그리 넉넉하지 않았다. 애당초 부모님이 중학생끼리 노래방에 가는 것을 허락하지도 않았을 거다.

그래서 나한테 권했든 안 권했든 결과는 달라질 게 없었다. 그걸 아는데도 내 마음은 왜 이렇게 헛헛한 걸까.

그사이에 야마자키는 선배가 불러서 코트로 돌아갔다. 나는 체육관 구석에 쭈그리고 앉아서 멍하니 그쪽을 바라보았다. 열어 놓은 문 사이로 마사토가 서 있는 게 보였다. 물이라도 마시러 가는 걸까? 마사토는 농구부 친구들과 왁자지껄하게 떠들면서 체육관 앞을 지나갔다.

……역시 나와는 정반대야. 마사토도, 고즈에도. 새삼스럽게 그런 생각이 다시 들었다. 체육관 천장을 올려다보자, 매달린 전등 불빛이 시릴 만큼 눈부셨다.

학원 수업이 끝난 뒤, 숙제로 받은 유인물을 보면서 집으로 돌아가려는데 마사토가 뒤따라왔다. 마사토는 작년 말부터 나와 같은 학원에 다니고 있었다. 마사토는 내가 들고 있는 유인물 더미를 보고선 겁먹은 듯이 말했다.

"으악, 그 많은 걸 다음 시간까지 다 해야 하는 거야? 역시 하이레벨 반은 장난 아니네."

그렇게 안 많아, 하며 나는 의례적으로 웃었다. 유인물을 보고 있었던 건 집에 가면서도 해야 할 정도로 양이 많아서가 아니라, 공간 도형 심화 문제는 풀면 풀수록 재미있는 데다 그만큼 성취감이 생겨서 좋기 때문이었다.

마사토와 같이 걸어가는데 다른 때보다 마음이 더 불편했다. 안 그런 척했지만, 자꾸만 동아리에서 나만 빼고 다 같이 노래방에 갔던 일이 떠올랐다. 그럴수록 마사토와 내가 자꾸 비교되어 마음이 어두워졌다.

하지만 마사토는 그런 내 마음을 알 리가 없었다.

"근데 고즈에 말이야, 왜 그렇게 우승하려고 안달일까? 우승한다고 급식을 곱빼기로 먹는 것도 아닌데."

마사토가 농담조로 말했다. 나도 맞장구를 쳤다.

"그러게, 연습도 진짜 열심히 하는 것 같던데……. 왜 그러는 걸까? 그렇게 무리 안 해도 되는데. 고즈에는 다른 장점이 있잖아."

"고즈에 장점? 뭐, 많이 먹는 거?"

"그런 거 말고, 인기 있고 친구 많은 거."

그렇게 근사한 장점이 있으니까 욕심 같은 거 안 내도 되지 않나? 나는 내심 못마땅한 생각이 들었다. 내가 아무리 햐쿠닌잇슈패를 완벽하게 외워도 고즈에처럼 많은 친구들이 나를 따르는 일은 없을 텐데. 속으로 한숨을 쉬는데 마사토가 고개를 홱 돌려 나를 똑바로 바라보았다.

"너, 저번에 나한테도 그런 말 했지? 인기가 있으니까 시험 점수는 신경 안 써도 되지 않냐고."

그 말에 나는 흠칫했다. 마사토가 나 같은 녀석과 나눴던 사소한 대화를 기억하고 있을 줄이야!

그때 마사토가 내 어깨를 살짝 쳤다.

"아하! 혹시 너도 나처럼 인기 짱이 되고 싶은 거냐?"

"설마, 아냐! 내가 어떻게 너처럼 돼?"

"아니, 이럴 때는 받아쳐야지! '네 입으로 인기 짱이라고 하냐?' 하고."

마사토가 안타깝다는 듯 탄식하기에, 나는 또 멋쩍게 웃으며 사과했다.

그대로 흐지부지 화제를 바꿀 수도 있었다. 그런데 마음속에서 무언가 솟구치는 느낌이 들었다. 나는 홀린 듯 입을 열었다.

"인기를 얻고 싶은 건 아닌데……. 저번에 네가 친구들이 준 초코 분말을 모아서 엄청 진한 초코우유를 만들었잖아. 그걸 보고 생각했어. 난 죽었다 깨어나도 그 초코우유 맛을 알지 못할 거라고. 그렇게 생각하니까 좀 쓸쓸한 기분이 들더라."

마사토는 약간 당황한 표정으로 나를 바라보았다. 그래, 인기 없는 애들은 이런 생각을 한다는 걸 몰랐겠지. 나는 괜히 조금 울컥했다.

그런데 마사토가 어이없다는 말투로 대답했다.

"그게 무슨 말이야? 마시고 싶으면 마시면 되잖아. 우유 양을 조금만 해서 분말을 섞으면 되는데. 그러면 엄청 진한 초특급 고농축 초코우유가 되는 거 아냐?"

나는 멍청한 표정으로 마사토를 바라보다가 그만 아주 크게 소리를 지르고 말았다.

"……아!"

마사토 말이 맞았다. 그렇게 간단한 방법을 왜 생각하지 못했을까! 초등학생도 알 법한 일인데. 내 멍청함에 할 말을 잊고 말았다.

어쩌면……, 내가 아예 처음부터 포기했기 때문이 아닐까. 그래서 이렇게 단순한 방법조차 생각하지 못했던 걸지도. 난 절대 마사토처럼 될 수 없다고 생각했으니까.

그때 갑자기 마사토가 키득거렸다.

"정말 몰랐냐? 넌 머리는 엄청 좋으면서 꽤 허당 같은 데가 있어. 그래서 재미있단 말이야."

개구지게 웃는 마사토를 보면서 나는 묘하게 기쁨을 느꼈다. 공부만 하는 재미없는 녀석이라는 말은 들어 봤지만 재미있다는 말은 한 번도 들은 적이 없었는데.

"그리고 마시고 싶으면 마시고 싶다고 말해. 분위기에 휩쓸려서 무작정 다 마셨더니 너무 달아서 죽을 뻔했으니까."

농담 어린 그 말에 나는 또 한 번 깨달았다.

하긴, 말했으면 됐을지도 모른다. 나도 좀 줘, 하고. 돌이켜 보면 내가 먼저 누군가에게 말을 걸어 본 적도 거의 없었다. 친구들에게 둘러싸여 즐거워하는 마사토와 고즈에를 부러워하면서도, 누군가와 친해지려고 적극적으로 먼저 행동한 적은 없었다.

내가 교실에서 어울리지 못하는 것도 모두가 나를 멀리해서가 아니라 내가 다가가려고 하지 않은 탓인지도 모른다. 이것 역시 초특급 고농축 초코우유를 만드는 방법만큼이나 단순한 일이다. 그동안 알아차리지 못했던 게 믿기지 않을 만큼.

나는 주저하다가 입을 열었다.

"그럼, 다음에 또 하면 나한테도 좀 줄래?"

"얼마든지……. 근데 이제 안 해!"

마사토가 손바닥으로 내 가슴을 탁 쳤다. 나는 왠지 마사토와 죽이 잘 맞는 것 같아서 웃음을 터뜨렸다.

내 반응을 보고 마사토도 만족스럽게 웃었다.

고즈에가 다시 부탁해 온 것은 마사토와 얘기를 나눈 다음 날이었다. 점심시간에 나를 빈 교실에 데리고 가더니, 다짜고짜 고개를 푹 숙이고는 애원하는 목소리로 말했다.

"기요노, 제발! 부탁이야."

너무나 간절한 모습에 나는 또 당황했다.

"다른 친구들하고 연습하고 있잖아. 내가 도와줄 게 있을까 싶은데……."

"아니야, 미키가 그랬어. 같은 팀원들이랑 전략을 잘 짜는 게 중요하다고, 안 그러면 우승은 무리라고! 그러니까 제발……. 이, 이거 줄게!"

고즈에가 내민 것은 오늘 급식으로 나온 아몬드 과자 봉지였다. 그걸 보고 나는 눈이 휘둥그레졌다.

"너, 이거 좋아하지? 그러니까……."

예전에 같은 모둠이 됐을 때 그런 말을 한 기억이 있었다. 하지만 그때 고즈에도 좋아한다고 말했던 거 같은데……. 먹는 것을 좋아하는 고즈에가 과자 봉지를 선선히 내밀었다는 사실에 나는 놀라움을 감출 수가 없었다.

"왜 이렇게까지……."

내가 무심코 중얼거리자 고즈에는 잠시 망설이는가 싶더니 큰 결심을 한 듯 입을 열었다.

"……나, 전학 가."

"뭐, 전학? 언제?"

"3월 말에. 햐쿠닌잇슈 대회 같은 행사는 이제 학년 끝날 때까지 없잖아. 그래서 마지막으로 햐쿠닌잇슈 대회에서 우승해서 추억을 남기고 싶어. 상장도 받아서 전학 간 뒤에도 볼 수 있도록 방에 걸어 두고 싶고. 나, 상장 같은 거 한 번도 받아 본 적이 없어서."

나는 생각지도 못한 이유를 듣고 마음이 크게 요동쳤다. 다른 친구들은 아느냐고 물어보자, 고즈에는 쓸쓸하게 미소 지으며 고개를 저었다.

"아직. 얘기해야 하는데 입이 안 떨어져."

나는 전학 이야기를 듣고 더럭 겁이 났다. 선뜻 도와주겠다고 했다가 결국에 우승을 못 하면 그 책임을 어떻게 져야 할지.

아, 역시 못 하겠어. 나는 고즈에 부탁을 한 번 더 거절하려고 했다. 그런데 그 순간, 머릿속에서 마사토 얼굴이 떠올랐다. 마사토라면? 마사토라면 이럴 때 주저 없이 부탁을 들어줄 것이다.

아무리 노력해도 나는 마사토처럼 되지 못한다. 하지만 그렇게 단념하고 부러워만 한다면 앞으로 아무것도 달라지지 않을 거다. 나도 마사토와 고즈에처럼 친구들이랑 더 친해지고 싶다. 그러려면 더 적극적으로 행동해야 한다. 여기서 도망가면 안 된다.

나는 불안한 마음을 억누르고 고즈에에게 말했다.

"알았어. 우승시켜 준다는 약속은 못 하지만……. 특훈, 같이해 보자."

"저, 정말? 와, 고마워!"

고즈에가 활짝 웃으면서 내 손을 꽉 잡았다. 아이처럼 좋아하는 고즈에를 보자 덩달아 나도 기분이 좋아졌다. 그때 "다 들었다."

하는 목소리가 들렸다. 언제 온 건지, 마사토가 교실 입구에 기대서 있었다.

“헐! 왜, 왜 남의 말을 엿들어?”

고즈에는 당황한 나머지, 말까지 더듬거리며 화를 냈다. 하지만 마사토는 태연하게 말했다.

“기요노를 데리고 가길래 혹시라도 네가 괴롭힐까 봐 걱정돼서 그랬지. 그보다 왜 나한테는 의논 안 하냐? 나도 같은 팀이잖아.”

“그야 넌 입이 가볍잖아? 친구들한테 전학 간다는 말을 아직은 하면 안 되니까…….”

“하, 나를 못 믿다니. 아무리 그래도 비밀은 절대 말 안 해! 아무튼 나도 도울 테니까 빨리 특훈 시작하자. 이제 대회까지 얼마 안 남았잖아.”

마사토 말에 나도 응, 하고 고개를 끄덕였다. 고즈에는 울 듯 말 듯한 얼굴로 연거푸 고맙다고 중얼거렸다.

우리는 교실로 돌아가서 곧바로 특훈을 시작했다. 승리를 위한 전략을 짠 다음 두 사람이 외울 패를 정했다. 이제는 오로지 패를 외우는 일만 남았다.

특훈 대가로 받은 아몬드 과자는 셋이서 나눠 먹었다.

"가을밭의……."

"네!"

"소나기……."

"저요!"

내가 읽기 시작한 패를 고즈에와 마사토가 잇따라 가져갔다.

하쿠닌잇슈 대회 당일 아침, 우리는 빈 교실에서 마지막으로 특훈을 했다.

"대박, 둘 다 완벽하게 외웠어."

"당연하지, 내가 누군데?"

"겨우 30매이긴 하지만. 다 네가 가르쳐 준 덕분이야."

마사토와 고즈에가 뿌듯한 표정으로 대답했다.

대회까지 패를 전부 외우기는 힘든 일이었다. 그래서 마사토와 고즈에에게는 최소한의 할당량을 주어서 외우게 한 뒤, 그 패는 두 사람 앞에 배치하기로 했다.

두 사람이 자기 앞에 놓인 패를 확실히 가져오는 데 집중하는 동안, 나는 적진의 패를 최대한 많이 빼어 오려는 전략이었다. 우리 팀 패의 3분의 2를 둘한테 맡긴 만큼, 나도 노려야 할 패가 줄어서 찾기가 훨씬 수월해졌다. 우리는 수업 시작 전과 쉬는 시간에 연습을 거듭하면서 준비를 철저히 했다.

"자, 그럼 우승하러 가 볼까?"

"좋았어!"

마사토의 장난스러운 선언에 고즈에가 맞장구치며 팔을 치켜올렸다. 나도 한 박자 늦게 웃으면서 주먹을 들어 올렸다.

햐쿠닌잇슈 대회는 체육관에서 열렸다. 금방이라도 눈이 쏟아질 것 같은 날씨인데 체육관은 난방이 되지 않아서 몹시 추웠다. 하지만 긴장과 흥분으로 몸에서 열이 나는 까닭인지 추위가 크게 느껴지지는 않았다.

첫 번째 시합은 그야말로 최고였다. 우리가 패를 80매나 차지해서 완승을 거뒀다. 마사토와 고즈에가 자신들이 담당한 패를 완벽하게 가져왔다. 그 덕에 시작부터 승기를 잡자, 상대 팀이 그만 도중에 승부를 포기했다.

마사토가 선배에게서 들은 정보에 따르면, 작년 우승팀은 패를 145매 획득한 모양이었다. 그 매수를 기준으로 잡을 때 두 번째 시합에서 목표 매수는 65매. 상대가 얼마나 강한지에 따라 다르긴 하겠지만 절대로 무리가 되는 매수는 아니었다.

두 번째 시합 상대는 상당히 버거웠다. 2반의 무라카미와 도쿠라, 마토바 팀이었다. 무라카미는 어느 정도 패를 외운 것 같았고, 도쿠라는 경기를 하는 내내 우리 쪽을 날카롭게 노려보며 위협해서 겁이 났다.

하지만 나는 두려움을 꾹 참고 열심히 적진의 패를 가져왔다. 마사토와 고즈에도 아직까지는 자신의 패를 적에게 내주는 일 없이 잘 지키고 있었다.

“마음에…….”

저요, 하고 나는 도쿠라 앞에 있던 패를 잡았다. 그러자 도쿠라가 혀를 차며 “너무 많이 가져가잖아?” 하고 짜증을 냈다. 불퉁한 목소리에 흠칫했지만, 지금은 그런 것을 따질 때가 아니었다. 지금까지 획득한 패는 모두 55매, 이제 20매 남았다. 이 추세라면 승리가 확실했다!

“세상에는…….”

산속에도. 또 도쿠라 바로 앞. 나는 저요, 하고 말하면서 팔을 쭉 뻗었다.

“아야!”

너무 급히 덤벼들다가 내 손이 그만 도쿠라 무릎을 치고 말았다. 패는 무사히 가져왔지만, 도쿠라가 비명을 내지르는 바람에 속으로 잔뜩 움츠러들었다.

“미안!”

곧바로 사과했지만, 아픈 건 나도 마찬가지였다. 손가락을 곧게

편 상태에서 손끝이 무릎과 부딪친 탓에 삐었는지도 모른다. 설사 그렇다 해도 지금은 어쩔 수가 없었다.

잠시 뒤 아픈 손으로 다음 패를 잡으려고 바닥을 탁 친 순간, 극심한 통증이 밀려왔다. 나도 모르게 비명을 지르자, 고즈에와 마사토가 걱정스럽게 내 얼굴을 들여다봤다.

"혹시 아까 손가락 삔 거 아냐?"

"어쩌면 뼈가 부러졌을 수도 있어. 뼈가 얼마나 쉽게 부러지는데! 기요노, 보건실에 가야 하는 거 아니야?"

"괘, 괜찮아. 왼손으로 하면 돼."

내가 보건실에 가면 고즈에와 마사토 둘이서만 시합을 해야 하는데……. 그렇게 할 수는 없었다. 오른쪽 손가락의 통증은 점점 더 심해졌지만 꾹 참고 왼손으로 패를 잡을 준비를 했다.

하지만 한 번도 왼손으로 패를 잡아 본 적이 없었다. 패의 위치를 모두 파악하고 있기는 하지만, 오른손처럼 빨리 반응하는 건 역시 어려웠다. 결국 나는 연속으로 세 번이나 상대에게 패를 빼앗기고 말았다.

기껏 지금까지 순조롭게 진행해 왔는데, 이런 식으로 가다간 우승을 놓칠 게 뻔했다. 어떡하지? 익숙하지 않은 왼손보다는 통증이 있더라도 오른손으로 하는 게 더 낫지 않을까?

초조해하는 사이에 진행자가 다음 패를 읽는 소리가 들렸다. 패의 위치는 적진의 고즈에 쪽. 이번에도 늦었다고 생각하는데, 적보다 아주 조금 빨리 고즈에 손이 정답 패를 잡았다. 저요, 하는 믿음직스러운 목소리와 함께.

그건 고즈에가 외우기로 한 패가 아니었다. 내가 깜짝 놀라서 쳐다보자, 고즈에가 멋쩍게 웃으며 말했다.

"그냥 혼자 외운 패였어. 내가 맡은 패 말고도 더 외우려고 했거든. 여기 남은 패는 전부 외웠으니까 이쪽은 이제 나한테 맡겨."

"기요노, 기요노! 이쪽 패, 시작 부분 좀 가르쳐 줘."

반대쪽에서 마사토 목소리가 들렸다. 나는 마사토 맞은편 적진에 있는 패를 순서대로 가리키면서 하나하나 읽어 주었다.

"동이 터도, 다 같이, 오에야마산, 이처럼."

"알았어."

마사토는 짧게 대답하고 패를 가만히 응시했다. 마사토가 이렇게 진지한 표정을 짓는 모습은 여태껏 단 한 번도 본 적이 없었다.

둘이서 적진의 패를 맡아 준 덕분에, 나는 정면의 패에만 집중할 수 있었다. 그렇다면 왼손으로도 그럭저럭 할 수 있을지도 모른다. 그래, 나는 지금 혼자 싸우는 게 아니었다.

가슴속에서 기쁨이 끓어오르는 것을 느끼면서 다음 패가 읽히기를 기다렸다.

"동이 터……."

"내 거다!"

마사토 손이 시원하게 패를 내리쳤다.

우리 팀은 최종적으로 148매를 획득했다.

작년 우승 팀보다 많이 차지하긴 했지만, 그건 어디까지나 우리가 세운 기준에 불과했다. 결과를 기다리는 동안, 고즈에와 마사토는 불안해서 그런지 한마디도 하지 않았다. 나 역시 손가락 통증을 잊을 만큼 긴장한 상태였다.

드디어 체육관 단상에 선 교장 선생님이 우승 팀을 발표했다.

"1학년 우승, 148매. 마사토, 고즈에, 기요노 팀!"

"와, 됐다! 우승이다!"

고즈에와 마사토가 환성을 지르면서 양쪽에서 나를 부둥켜안았다. 너무 세게 안은 나머지, 나는 옴짝달싹 못 한 채 둘 사이에 끼어 버렸다. 사실, 나도 눈물이 터지기 일보 직전이었다.

시험에서 전교 1등을 했을 때도 가슴이 이렇게 뜨겁지는 않았다. 고즈에에게 우승을 선물해 줄 수 있어서 진짜 다행이야. 용기 내서 같이 특훈하기를 정말 잘했어.

나는 고즈에와 마사토를 꽉 껴안으면서 속으로 중얼거렸다.

하쿠닌잇슈 대회가 끝나고 며칠 지났을 때, 급식으로 또 초코 분말이 나왔다.

나는 마사토가 가르쳐 준 대로 시험 삼아 초특급 고농축 초코우유를 만들어 보기로 했다. 우유를 조금 남긴 후 분말을 섞은 다음 조심스럽게 한 모금 맛보았다.

그 순간, 엄청나게 강렬한 단맛이 입안에 쫙 퍼졌다. 예상을 뛰어넘는 단맛에 깜짝 놀라 사레가 들리는 바람에 요란하게 기침을 해 댔다.

마침 고즈에가 급식을 더 가져오려고 내 옆을 지나가다가, 그걸 보고 내 등을 토닥토닥 두드려 주었다.

"왜 그래? 갑자기 웬 기침?"

"마사토가 초코우유 진하게 타는 방법을 알려 줘서……."

"그래서 정말 해 본 거야?"

너도 참, 하고 고즈에는 어이없다는 미소를 지으며 나를 물끄러미 내려다봤다. 그러고는 마사토에게 핀잔을 주었다.

"마사토 너, 기요노한테 이상한 거 가르쳐 주지 마!"

난데없는 말에 마사토는 멍한 표정을 지었다. 그러다 내가 우유갑을 들고 흔들어 보이자, 그제야 알았다는 듯 활짝 웃었다. 양 손바닥을 입가에 붙여 모은 뒤 입 모양으로 "너무 달아서 못 마시겠지?"라고 하고는 혀를 쑥 내밀었다.

나도 따라서 혀를 내민 뒤, 달디단 초코우유를 단숨에 끝까지 마셨다.

크레이프

한 겹 한 겹 포개지는 약속의 맛

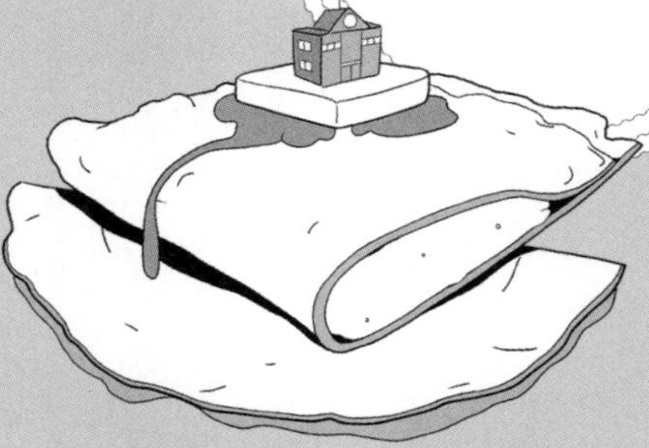

카레를 한 숟갈 떠서 먹으려다가 불현듯 깨달았다. 이 급식 카레를 먹는 것도 오늘이 마지막이구나.

"고즈에, 왜 그래?"

숟가락을 가만히 응시하는데, 대각선 맞은편에 앉은 미키가 물었다. 미키는 그릇이 지저분해지지 않게 카레를 조금씩 밥에 덜어서 먹고 있었다. 과연, 섬세하고 깔끔한 성격의 미키다웠다.

"아냐, 아무것도. 잠깐 딴생각하느라고."

나는 대충 얼버무리고 카레를 입에 넣었다. 부드럽고 순했다. 마음이 놓이는 맛. 초등학교 때부터 7년간, 거의 달마다 한두 번씩은 꼭 급식으로 나와서 익숙한 맛이었다. 내가 집에서 만드는 카레보다 훨씬 더 맛있었다.

이 카레를 이제 먹을 수 없다니. 그런 생각이 들자 쓸쓸함이 밀려들었다. 그렇다고 마지막 급식을 그런 기분으로 먹는 건 어리석은 짓이다. 마지막 한 숟가락을 크게 떠서 입안에 넣으며 쓸쓸한 기분을 밀어낸 다음, 한 번 더 담아 오기 위해 자리에서 벌떡 일어났다.

밥에 카레를 듬뿍 얹은 뒤 카레 통을 들여다보니 아직도 많이 남아 있었다. 한 그릇 더 먹어도 될 것 같은데, 그러면 너무 많이 먹는 건가? 뭐, 어때? 전학 가는 학교의 급식 카레가 맛있다는 보장은 없으니까, 마지막 기념으로 배 터지게 먹어 보자!

동아리 활동을 하러 가다가 두고 온 물건이 생각나서 교실로 돌아갔다. 기요노가 교실을 정리하고 있었다. 오늘 당번은 기요노와 도모카인데, 교실에는 기요노 혼자뿐이었다.

"기요노, 수고. 도모카는 먼저 갔어?"

"아, 고즈에구나. 아니, 동아리에서 회의가 있다길래 먼저 가라고 했어."

"너, 너무 착한 거 아냐? 내가 좀 도와줄까?"

"괜찮아, 별로 안 힘들어. 뭐 놓고 갔어?"

"응, 숙제할 때 쓸 자료집을 놓고 가서……."

이렇게 대답하고서 사물함에 넣어 뒀던 국어 자료집을 꺼내는데, 등 뒤에서 기요노가 조심스러운 목소리로 물었다.

"……아직 비밀이지? 전학."

내가 천천히 고개를 돌리자, 기요노는 허둥지둥 내 시선을 피했다. 나는 미소를 지으면서 시원하게 대답했다.

"아아, 응. 신경 써 줘서 고마워."

나는 이번 3월 말에 전학을 간다. 아빠가 전근을 가게 되어서, 가족이 다 함께 이사하기로 한 것이다. 자동차로 세 시간이 넘게 걸리는 먼 도시라고 했다.

이사는 새해가 되자마자 바로 정해졌다. 아빠가 처음 전근 얘기를 꺼냈을 땐 너무 갑작스러워서 머리가 새하얘졌다. 그동안 한 번도 전근을 간 적이 없었는데. 미안하다고 말하는 아빠 역시 무척 복잡한 표정이었다. 속상한 감정을 숨기지 못하는 걸 보면, 아마 뭔가 특별한 사정이 있는 모양이었다.

물론 전학 얘기를 순순히 받아들이기는 어려웠다. 하지만 전근을 거절하면 일을 그만둬야 할지도 모른다고 말하는 아빠의 심각한 얼굴 앞에서 무작정 싫다고 버틸 수도 없었다. 아빠 혼자만 가면 좋겠지만, 그러면 집에는 나와 남동생 게이타, 허리가 안 좋은 할머니만 남아야 했다. 그래도 혹시나 싶어서 말해 보았지만, 아빠는 미안하다는 말만 반복했다.

전학이 결정된 뒤에도 친구들에게는 계속 비밀로 했다. 그동안

학교에서 내 전학에 관해 아는 사람은 쓰지 선생님뿐이었는데, 얼마 전에 햐쿠닌잇슈 대회를 준비하면서 같은 팀이었던 기요노와 마사토도 알게 되었다.

사실은 미키와 모모, 도모카, 사와무라에게 바로 얘기할 생각이었다. 하지만 막상 친구들 얼굴을 보면 차마 입이 안 떨어졌다.

전학 간다는 걸 알면 친구들은 분명히 슬퍼할 것이다. 좋아하는 친구들과 보낼 수 있는 얼마 안 남은 시간을 우울한 분위기로 지내고 싶지 않았다.

그런 식으로 머뭇머뭇하다가 말을 꺼내지도 못한 채 두 달이 지났고, 어느덧 3월도 슬슬 끝나 가고 있었다. 이제 와서 친구들에게 어떻게 말을 꺼내야 할지 전혀 감을 잡을 수가 없었다.

"나야말로 괜한 거 물어서 미안. 그런 말 하기 힘든데."

기요노가 얼른 사과했다. 마치 자기가 전학을 가는 양 어두운 표정이었다. 기요노와는 최근에서야 친해졌는데, 알면 알수록 참 좋은 녀석이었다.

나는 애써 밝은 목소리로 명랑하게 말했다.

"왜 그렇게 어두운 얼굴을 하고 그래? 너, 날 못 보는 게 그렇게 슬퍼?"

"……응, 기껏 친해졌는데 싫어서."

기요노가 진지하게 대답했다. 예상치 못한 말에 나는 심장이 쿵 떨어지는 느낌이 들었다. 사실은 나 역시……. 하지만 동요하는 마음을 간신히 억누르고 장난스레 기요노를 놀렸다.

"기요노 너, 말조심해라. 착한 건 좋은데 그런 말은 뭔가 다른 뜻이 있는 것 같잖아? 오해하기 딱 좋다고."

"아니, 그런 게 아니라! 어디까지나 친구로서 마음이 그렇다는 거라고……."

기요노가 당황해서 손사래를 쳤다. 순식간에 귀까지 새빨개졌다. 나는 깔깔 소리를 내며 웃었다.

"아하하! 그럼 기요노, 청소 열심히 해!"

교실을 나와서 계단 앞까지 빠르게 걸어갔다. 그러고 나서야 어색하게 웃고 있던 얼굴을 풀었다. 복잡하고 괴로운 마음을 쫓아내고 싶어서 크게 심호흡을 했다.

이 학교에서의 마지막 추억으로 하쿠닌잇슈 대회에서 꼭 우승하고 싶었는데, 같은 팀인 기요노와 마사토가 도와준 덕분에 그 소원을 이루었다. 그걸로 내 마음도 다 정리됐다고 생각했다. 그런데 막상 전학 갈 날이 다가오니까 도리어 미련이 점점 더 커지는 듯했다.

"난 내가 훨씬 더 쿨한 줄 알았는데……."

원망처럼 이렇게 중얼거린 뒤, 억지로 기분을 가다듬고 서둘러 동아리 방으로 향했다.

“자, 닭다리 네 개. 그리고 고기 완자를 만들었는데, 집에서 가져가서 저녁에 먹어.”

동아리가 끝나고 집에 가면서 단골 정육점에 들르자, 사장님이 서비스라며 비닐봉지를 하나 건넸다.

“와, 감사합니다! 사장님, 잘 먹을게요.”

“뭘, 별것도 아닌데. 근데 서운하네. 이번 달 말에 이사 간다며?”

나는 당황한 나머지, “쉿!” 하고 집게손가락을 재빨리 입 앞에 댔다. 정육점 앞에서 미키가 기다리고 있었기 때문이다. 혹시나 해서 조심조심 돌아보았는데, 미키는 뭔가를 가만히 올려다보고 있었다. 다행히 사장님이 한 말을 못 들은 모양이었다.

나는 정육점에서 나오며 미키에게 물었다.

“많이 기다렸지? 미안. 근데 뭐 보고 있었어?”

“벚꽃 꽃망울이 보여서. 이 동네에 온 지도 벌써 일 년이 되었구나, 싶어서.”

미키가 나를 돌아보며 대답했다.

“작년 이맘때였지? 이사 온 게.”

나는 미키와 더 오래전부터 친구였던 것 같은 기분이 들었다.

미키와 친해진 건 미키 외할머니가 친구가 돼 주라고 부탁했기 때문이었다. 처음에는 잘난 척하는 게 거슬렸고, 결국 그걸로 싸워서 절교 직전까지 가기도 했지만, 지금은 누가 뭐래도 가장 친한 친구였다. 성격이나 취미가 전혀 다르지만 같이 있으면 왜 이렇게 마음이 편한지 나도 잘 모르겠다.

벚꽃 꽃망울은 벌써 드문드문 분홍색을 띠고 있었다. 올해 봄은 유난히 날씨가 따뜻해서, 어쩌면 내가 이사 가기 전에 꽃이 피기 시작할지도.

나는 미키와 나란히 걸었다. 몽글몽글 피어나는 벚꽃 봉오리를 보며 생각에 잠겼다. 내년 이맘때면 나도 이사 간 곳에서 미키와 똑같은 생각을 하고 있을까. 그때 나는 미키나 다른 친구들과 여전히 지금처럼 친구로 지내고 있을까.

나는 미키의 옆얼굴을 힐끔 본 뒤 넌지시 물었다.

"전에 다니던 학교 친구들하고는 아직도 연락해?"

"이젠 거의 안 해. 할 수 없지, 뭐. 아무리 친했어도 멀리 떨어져 있으니까 자연히 그렇게 돼."

남의 일처럼 쌀쌀한 말투였다. 내가 깜짝 놀라 말을 잇지 못하자, 미키는 내가 자기 대신 마음 아파한다고 생각한 모양이었다.

나를 향해 밝게 미소 지으며 덧붙였다.

"좀 서운하긴 해도 괜찮아. 너랑 다른 친구들이 있으니까."

그리고 미키는 조금 숙연한 목소리로 "2학년 때도 모두 같은 반 되면 좋을 텐데." 하고 말했다. 나는 또 흠칫 놀랐지만, 애써 아무렇지도 않은 듯한 말투로 물었다.

"아무리 그래도 모두 같은 반이 되는 건 힘들지 않을까?"

"뭐 어때? 생각만 하는 건데."

미키는 장난스럽게 대답한 뒤 빙긋 웃었다. 그 미소를 보자 마음이 다시 괴로워졌다. 미키의 바람이 절대로 이루어질 수 없다는 걸 알고 있으니까.

바로 지금이야, 지금 말해야 해. 이번에야말로 가슴속에 있는 말을 끄집어내려 했다. 하지만 전학 얘기를 했을 때 미키의 표정이 어떨지 상상하는 순간, 소리가 되어 나오려던 말이 목 중간에 턱 걸려서 그대로 굳어 버렸다.

나는 그만 생각을 바꾸고 말았다. 미키는 분명 화낼 거야. 그동안 왜 말을 안 했느냐고 따지겠지. 화만 내는 게 아니라 날 싫어하게 될지도 몰라. 이렇게 친했던 관계가 마지막에 깨지는 건 정말이지 견딜 수가 없었다.

결국 나는 전학 얘기를 꺼내지 못한 채 미키와 헤어졌다. 집 앞에 도착해서도 여전히 마음이 무거웠지만 기운차게 “다녀왔습니다!” 하며 현관문을 열었다. 이사 때문에 힘든 건 나뿐만이 아니었다. 그러니까 계속 어두운 얼굴을 하고 있을 수만은 없었다.

남동생 게이타가 쿵쿵거리며 현관으로 뛰어 내려왔다.

“누나, 어서 와! 내가 빨래 개 놨어.”

“오, 잘했어! 게이타, 누나가 칭찬해 주노라.”

“감사하옵니다.”

이어서 안쪽 방에 있던 할머니가 고개를 내밀었다.

“고즈에 왔구나. 미안. 반찬이라도 좀 만들어 두려고 했는데, 날씨 탓인지 자꾸 허리가 아파서…….”

“아이, 괜찮아요. 무리하지 마세요. 제가 금방 저녁 준비할게요.”

나는 편한 옷으로 갈아입고 저녁 식사를 준비했다. 할머니 허리가 안 좋아진 뒤로 식사 준비는 항상 내 담당이었다. 엄마는 5년 전에 이혼해서 집을 나간 뒤로 쭉 소식을 듣지 못했다. 처음 식사 준비를 하기 시작했을 때는 홀라당 태워 먹어서 급하게 반찬을 사러 나가기도 하고, 9시가 다 되어서야 완성을 해서 하마터면 게이타를 굶길 뻔하기도 했다. 하지만 이제는 꽤 익숙해졌다.

요리하는 것도 좋아하고 먹는 것도 좋아하기 때문에 식사 준비는 언제나 즐거웠다. 식사 준비를 할 때면 슬프거나 힘든 일도 금세 잊을 수가 있었다. 그런데 오늘은 준비가 끝나 갈 때까지도 찝찝하고 무거운 마음이 사라지지 않았다.

튀김용 닭고기에 간을 하다가 불현듯 부엌 구석으로 시선이 갔다. 벌써 이삿짐 상자가 여러 개 놓여 있었다.

이사도 처음이고 전학도 처음이라서 하루하루가 낯설고 불안했다. 오랫동안 살았던 집을 나가고 익숙한 동네를 떠날 생각을 하니 씁쓸한 마음이 가시지 않았다. 무엇보다 좋아하는 친구들과 헤어지는 일이 가장 괴로웠다. 미키, 모모, 도모카, 사와무라. 항상 같이 다니는 나의 특별한 친구들.

게이타가 부엌에 와서 기웃거렸다.

"누나, 도와줄까?"

"아니, 괜찮아. 시킬 일 있으면 부를 테니까 만화라도 보고 있어."

"알았어!"

게이타는 힘차게 대답하고 거실로 돌아갔다. 나는 그 뒷모습을 빤히 바라보았다. 게이타도 전학이 결정된 직후에는 한동안 기운이 없어 보였는데, 요즘은 전혀 표정이 어둡지 않았다. 쟤도 분명 친구들이랑 헤어지는 게 아쉬울 텐데……. 아니면 저도 다 컸다고 마음 쓰는 걸까?

"아무리 친했어도 멀리 떨어져 있으니까 자연히 그렇게 돼."

집에 오는 길에 미키가 했던 말이 머릿속에서 되살아났다. 나와 미키도 그렇게 될까? 점점 연락을 안 하게 되고, 그러다 완전히 잊어버리고……. 그런 상상을 하자 몹시 울적해졌다. 나는 칼질하던 손을 멈췄다.

게이타가 안 보는 걸 확인한 다음, 동그란 고기 완자를 한 개 집어 입에 넣었다. 맛은 최고였지만 기분이 밝아지기에는 역부족이었다.

지난번에 카레가 나온 다음부터 나는 이전보다 급식을 더 많이 먹었다. 모든 메뉴가 마지막이라고 생각하니까 자꾸만 더 먹고 싶었다. 전학 갈 때까지 살이 2, 3킬로그램은 더 찔 것 같았지만 그런 것에 신경 쓰고 싶지 않았다.

"뫼니에르(생선에 밀가루를 묻혀서 구운 프랑스 요리.), 더 먹고 싶은 사람?"

마사토가 배식대 앞에서 반 친구들에게 물었다. 나는 곧바로 "나, 더 먹을래!" 하고 자리에서 일어났다. 평소처럼 가위바위보로 승부를 정하려고 팔을 내미는데, 마사토가 갑자기 안 어울리게 목소리를 깔고 기다리거라, 하며 나를 막았다. 그리고 유난히 과장되게 말했다.

"그대와는 지난 일 년간 급식 남은 걸 가지고 참 많이 다퉜네. 하지만 이 무익한 다툼도 이제 끝내는 게 좋지 않겠나? 원하는 걸 공평하게 나누면 되는 일일세."

"뭐? 그러니까 반씩 나누자고?"

그렇네, 하고 마사토가 고개를 끄덕였다.

웬 사극 말투? 나는 어이없다는 표정으로 마사토를 쳐다봤다. 친구들이 와아, 하고 환호성을 질렀다. 역사적인 화해의 순간이야, 하고 누군가가 분위기를 띄웠다.

다른 때 같았으면 마사토의 장난에 똑같이 사극 말투로 장단을 맞춰 주었을 텐데, 오늘은 왠지 그럴 마음이 들지 않았다. 마사토가 그런 말을 한 이유를 단박에 알아챘기 때문이다. 나와 서로 남은 급식을 차지하려고 다툴 날이 이제 얼마 안 남았다는 걸 마사토는 알고 있으니까.

나는 마사토가 악수하자며 내민 손을 무시하고 천연덕스럽게 말했다.

"싫은데? 난 반 말고 전부 먹고 싶거든. 자, 가위바위……."

"뭐? 아니, 너, 잠, 잠깐……!"

갑작스러운 가위바위보에 속절없이 지고 만 마사토는 호들갑스럽게 비명을 지르며 바닥에 주저앉았다. 곧 주변에서 폭소가 터져 나왔다. 친구들이 비겁하다며 장난스레 던지는 야유에 나는 혀를 빼꼼 내밀어 보인 다음 그릇을 들고 유유히 자리로 돌아왔다.

급식을 다 먹고 농구부 친구들과 나가려는 마사토를 뒤쫓아 가 복도에 불러 세웠다. 마사토가 친구들을 먼저 보내자 나는 아까의 일을 사과했다.

"아까는 미안해. 내가 좀 비겁했던 거 같아서……."

"뭐야, 가져간 뫼니에르에 이상한 거라도 들었던 거냐?"

마사토가 뚱하게 대꾸했다. 내가 눈을 흘기자 마사토는 금방 웃는 얼굴로 말했다.

"너답지 않게 왜 그래? 신경 쓰지 마. 뫼니에르는 못 먹었지만 모두를 웃겼으니까 그걸로 됐지. 오히려 내가 말실수한 건 아닌지 걱정했는데."

"그런 거 없어. 너, 내가 전학 가니까 배려해 준 거잖아. 근데 그게 오히려 괴로워서 내가 괜히 그런 거지."

마지막까지 마사토와 탐욕스럽게 급식 남은 걸 서로 차지하려고 다투고 싶었으니까. 마치 전학 안 가는 사람처럼.

"그래서 친구들한테 아직도 전학 간다는 말을 못 한 거냐? 괜히 네 눈치 보고 그러는 게 싫어서?"

내가 깜짝 놀란 눈으로 쳐다보자, 마사토는 내 시선을 슬쩍 피했다. 얼마 전에 기요노도 이런 표정을 지었는데. 나는 짐짓 아무렇지 않은 듯한 말투로 대답했다.

"아니, 아직 말 못 한 건 친구들을 슬프게 하고 싶지 않아서야. 어쩌면 모모는 울지도 몰라. 친구가 우는 걸 보고 싶은 사람이 어디 있겠어?"

그래, 모두가 슬퍼하는 얼굴은 보고 싶지 않으니까. 나는 주저하다가 말을 이었다.

"이대로 끝까지 아무 말 안 하고 전학 가 버릴까, 하는 생각도 들어. 그게 오히려……."

"아니, 그건 안 되지."

마사토가 내 말허리를 뚝 잘랐다. 평소와는 다르게 단호한 말투였다.

"그러면 친구들이 엄청 슬퍼할걸. 물론 넌 괴로운 얼굴 안 봐도 되니까 좋겠지만."

그 말에 아차 싶었다.

마사토 말이 맞았다. 부끄럽게도 난 나 좋을 대로만 생각했던 거다. 하지만 동시에 마사토에게 괘씸한 기분이 들었다.

네까짓 게 뭔데? 전학이 얼마나 괴로운지 알지도 못하면서 잘난 척하지 마! 그렇게 소리를 지르고 싶었지만, 차마 그러지는 못했다. 지금 마사토는 나에게 핀잔을 주려는 게 아니니까. 진심으로 나를 걱정하고 있었다.

“빨리 친구들한테 말하는 게 좋다니까. 힘들면 내가 대신 얘기해 줄까?”

“됐어, 내가 말할 거야. 하지만 여태껏 계속 숨겼는데 이제 와서 전학 간다는 말을 어떻게 꺼내야 할지…….”

그때 마사토가 갑자기 무척 당혹스러운 표정을 지었다. 마사토의 시선을 따라서 내가 뒤를 돌아보자, 모모가 멍한 표정으로 서 있었다.

“고즈에, 전학이라니……? 그게 무슨 말이야?”

모모가 울먹이는 목소리로 물었다. 내가 아무 대답도 못 하자 마사토가 대신 얼버무렸다.

“오해야, 오해. 그, 내 사촌이랑 고즈에가 친하거든. 근데 걔가 이번에 전학을 가게 돼서, 그 얘기를 하고 있었어. 그렇지?”

그리고 이쪽을 돌아보기에 나도 “어, 맞아!” 하며 다급하게 고개를 끄덕였다.

“그럼 고즈에, 걔한테 인사할 거면 빨리 해라. 전학 간 다음에 후회해도 난 모른다.”

마사토는 대뜸 그렇게 말하더니 먼저 간 친구들을 서둘러 뒤쫓아 갔다.

마지막 말이 내 가슴에 푹 꽂혔다. 나는 죄책감을 느끼며 모모를 돌아봤다. 모모의 눈동자가 불안하게 흔들렸다. 나는 모모의 의심을 떨쳐 내기 위해 일부러 한껏 미소를 지었다.

"왜 숨겼어? 전학 가는 거."

미키가 우리 집에 온 건 저녁 식사 준비를 막 시작했을 때였다.

마사토의 어설픈 거짓말에 모모가 정말 속았다고는 생각하지 않았다. 그래서 곧 모두가 알게 될 거라는 걸 내심 각오하고 있기는 했다. 그렇다 해도 질책은 내일이나 돼야 받을 거라고 여겼는데.

미키는 하교 후에 집에서 모모의 전화를 받은 모양이었다. 그리고 곧바로 외할머니를 추궁해서 내 전학 사실을 알아냈다고 했다. 미키 외할머니는 우리 할머니와 친하니까. 내가 직접 얘기할 때까지 비밀로 해 달라고 부탁했지만, 아마도 미키가 막무가내로 다그쳤을 것이다.

현관문을 여는 순간, 미키의 화난 얼굴과 맞닥뜨렸다. 나는 미키가 엄청 화낼 거라고 생각하고 있던 터여서 지레 긴장을 했다. 그런데 미키는 처음에만 화난 얼굴을 했을 뿐, 그 뒤로는 침착하게 내 말을 들었다. 궁금한 것은 조근조근 물었고, 나를 다그치거나 비난하지는 않았다. 억지로 감정을 억누르는 것이 느껴졌다. 그 모습을 보자 그만 긴장이 풀려서 속없이 웃고 말았다.

"엄청 화낼 줄 알았는데."

"화났어."

미키가 정색을 하고 나를 노려봤다. 하지만 금세 시선을 바닥으로 떨구었다.

"전학이 얼마나 마음 아픈 건지 난 잘 아니까. 그리고 나는 친구들한테 얘기할 새도 없었지만, 만약 시간이 있었더라도 제대로 말할 수 있었을까 싶더라. 화내서 미안해."

"아냐, 내가 잘못한 건데. 얘기해야 한다고 생각은 했는데 입이 안 떨어져서……. 계속 숨겨서 미안해."

내가 얼마나 힘든지 미키가 이해해 줘서 기뻤다. 하지만 그 기쁨도 잠시, 엄청난 슬픔이 순식간에 마음속으로 퍼져 갔다.

친구들이 슬퍼하는 게 싫어서, 라는 건 거짓말이었다. 나는 단지 슬퍼하는 친구들 얼굴을 볼 자신이 없어서 회피했던 것이다. 마사토 말이 맞았다.

미키가 후회 가득한 목소리로 말했다.

"저번에 내가 전학 가면 연락 끊기게 되는 거 어쩔 수 없다고 했는데, 난 친구들과 제대로 인사도 못 하고 갑작스럽게 전학 온 거

였으니까. 모두 나처럼 되는 건 아니야. 고즈에, 나는 네가 전학 가도 계속…….”

“괜찮아, 억지로 안 그래도 돼.”

나도 모르게 미키 말을 가로막았다. 왜 그랬을까? 나를 생각해주는 미키에게 고마워해야 하는데. 나는 당황하면서도 무언가 홀가분한 마음으로 계속 말을 이었다.

“네 말이 맞는 것 같아. 몸이 떨어지면 마음도 멀어지는 거니까. 우정이 사라지는 것도 어쩔 수 없어. 그러니까 너도 억지로 애쓰지 말고 나 같은 건 깨끗이 잊어. 나도 거기서 새 친구들 사귀어서 잘 지낼 테니까.”

나는 씩씩한 목소리로 말했다. 찢어지듯 아픈 마음을 숨기면서.

그래, 난 무서운 거야. 소중한 관계가 점점 사라지는 게, 믿었던 친구에게 배신당하는 게. 아무리 미키가 그렇게 말해도, 연락이 뜸해지면 상처받을 테니까. 언젠가 끊어질 관계라면 차라리 먼저 정리하는 게 덜 괴로울 거야.

미키가 슬픈 눈으로 나를 바라보았다.

“고즈에…….”

“미안, 지금 저녁 식사 준비하다가 나왔거든. 전학 가는 건 다른 친구들한테도 다 얘기할게. 그럼 내일 학교에서 봐.”

나는 억지로 대화를 끝낸 뒤 현관문을 닫고 집 안으로 들어갔다. 그리고 문에 등을 기댄 채 숨을 죽였다. 잠시 뒤에 미키가 우리 집 앞에서 떠나는 기척이 났다. 하지만 기척이 완전히 사라진 후에도 나는 한동안 움직이지 못했다.

"어라, 누나 친구 벌써 갔어?"

부엌으로 돌아가는데 거실에 있던 게이타가 물었다. 응, 짧게 대답하고 지나치려다가 걸음을 멈추고 게이타를 내려다보았다. 게이타는 싱글벙글 웃으면서 만화 잡지를 읽고 있었다.

"……게이타, 넌 친구들이랑 헤어지는 거 안 슬퍼?"

이렇고 묻고는 곧바로 후회했다. 게이타도 힘든 걸 숨기고 있는지도 모르는데……. 그런데 게이타가 태연하게 대답했다.

"슬프긴 해도 괜찮아. 나에겐 이게 있으니까."

그러고는 바지 주머니를 뒤적이더니 반짝이는 메달을 꺼냈다. 게이타가 좋아하는 애니메이션에 나오는 메달이었다.

"얼마 전에 친구들이랑 같이 샀어. 내가 전학을 가도 우리는 영원히 친구라는 약속의 증표야."

게이타는 그 '약속의 증표'를 나에게 보이면서 자랑스러운 표정을 지었다. 그 말간 얼굴을 보자 가슴속에서 알 수 없는 심술이 끓어올랐다.

약속? 다 소용없는 짓이야. 어차피 네 친구들도 금방 잊을 텐데! 그 말이 목구멍까지 차올랐다. 세상 모든 나쁜 말을 퍼부어서 게이타를 울리고 싶었다. 하지만 나는 충동을 간신히 억누르고 좋은 친구들이네, 하며 빙긋 웃었다.

게이타는 웃는 얼굴로 고개를 끄덕이고는 메달을 도로 주머니에 넣었다. 나는 기뻐하는 게이타를 보고 진심으로 생각했다.

나도 게이타처럼 천진난만하게 그런 약속을 믿을 수 있었으면, 하고.

다음 날 학교에서 나는 모모와 도모카, 사와무라에게 전학 간다는 사실을 털어놓은 다음 그동안 숨겨 왔던 걸 사과했다.

평소에 눈물이 가장 많은 모모는 이미 예상을 했는지 울지 않았고, 뜻밖에도 도모카가 눈물을 보였다. 침착하고 냉정한 사와무라도 약간 충격을 받은 듯했다.

전학 간다고 털어놓은 뒤에도 다행히 분위기는 우려했던 것처럼 많이 어두워지지 않았다. 하지만 평소대로 밝게 행동하던 친구들 얼굴에 순간순간 그늘이 비칠 때마다 마음이 괴로워졌다.

아무 말 안 하고 전학 가 버릴걸. 그게 얼마나 이기적인 생각인지 잘 알면서도 자꾸만 그런 생각이 들었다.

그날은 미키가 청소 당번이라서 혼자 동아리실에 가려고 했다. 그때 미치하시가 내 이름을 부르며 좇아왔다.

"고즈에, 잠시만!"

미치하시와는 평소에 얘기를 나누는 일이 거의 없었다. 무슨 일이지? 의아한 표정으로 뒤를 돌아보자, 미치하시가 목소리를 낮춰 말했다.

"전학 간다며? 모모랑 마사토한테 들었어. 잠깐 이리 와 볼래?"

"왜? 설마, 나 전학 가기 전에 고백이라도 하게?"

"아니."

미치하시는 딱 잘라 대답했다. 이 녀석은 농담할 줄도 모르나. 나는 괜히 새쭉한 표정으로 녀석을 흘겨봤다. 미치하시는 아랑곳하지 않고 복도를 앞장서 성큼성큼 걸었다.

"실은 모모랑 마사토가 나한테 똑같은 고민 상담을 했거든. 전학 가는 너를 위해 뭘 해 주면 좋겠냐고."

"뭐? 모모는 그렇다 쳐도…… 마사토가?"

응, 하고 미치하시는 돌아보지도 않고 대답했다.

"하지만 그런 걸 물어도 난 잘……. 그런데 마침 너한테 딱 맞는 책을 알아서, 그걸 추천해 주려고."

때마침 도서실 앞에 도착했다.

책? 나는 걸음을 멈추었다. 나는 기본적으로 요리책밖에 안 읽었다. 그것 말고는 초등학생 때 모모가 추천해 준 동화책이나 좀 읽은 게 전부였다.

미치하시는 서둘러 도서실에 들어가더니 소설 서가에서 책을 한 권 꺼내 들었다. 가능하면 얇고 그림이 많으면 좋겠는데, 놀랍게도 두 권짜리에다 두껍기까지 했다.

"안 돼, 나 못 봐. 전학 가기 전까지 절대로 상하권 다 못 본다고. 그리고 그 책, 그림도 전혀 없고 완전 그냥 소설이잖아!"

"그림은 없지만 문장은 꽤 쉬워. 평소에 책을 잘 안 보는 사람도 금방 읽을 수 있어."

읽긴 뭘 읽어? 나는 고개를 절레절레 저었지만 미치하시는 읽을 수 있다며 무턱대고 내 품에 책을 안겼다. 생각보다 훨씬 끈질긴 녀석이었다. 나는 결국 상권만 빌리기로 했다.

"하권은 안 빌려?"

"상권도 전학 가기 전에 다 읽을 자신이 없다니까? 재미있으면 하권은 전학 가서 빌려 볼게."

"안 돼, 그럼 의미가 없어. 적어도 상권만이라도 끝까지 열심히 읽어 봐."

무슨 재주로, 하고 퉁명스럽게 받아치면서도 도서 대출기에 책을 올려놓았다.

그날 밤, 설거지를 마치고 미치하시가 사정하듯이 권한 그 책을 펼쳤다.

보아하니 중학교를 졸업한 뒤 각기 다른 곳으로 흩어진 친구들이 10년 뒤에 고향에서 다시 만나는 이야기 같았다. 첫 시작은 졸업식을 마친 주인공들이 재회를 약속하는 장면이었다. 미치하시가 왜 이 책을 추천했는지 이해가 됐지만, 더 읽다간 마음이 괴로워질 것 같아서 몇 장 넘기다가 덮어 버렸다.

하지만 이렇게 빨리 포기하려니 기껏 추천해 준 미치하시한테 미안한 마음이 들었다. 다시 자세를 고쳐 앉고 책장을 팔랑팔랑 넘기다가, 마지막 장에 붙은 비닐 주머니에서 삐죽 고개를 내밀고 있는 작은 종이를 발견했다. 예전에 썼던 대출 카드인 걸까? 종이를 꺼내 보았더니 대출 카드가 아니라 귀여운 디자인의 메시지 카드였다.

거기에 적힌 글을 읽고 나는 눈이 휘둥그레졌다.

10년 뒤, 다시 이곳에서 만나자!

모두 흩어져도 우리는 영원히 친구야!

카드에는 그렇게 적혀 있었다. 한쪽 구석에는 네 명의 이름과 '2학년 3반 도서실 시스터즈'라는 서명이 덧붙여 있었다. 2학년 3반이라면 졸업해서 흩어진 게 아니었다. 그렇다면 여기에 적힌 건 나처럼 전학 가는 친구들과 나눈 약속인 걸까?

미치하시가 나한테 이 책을 추천한 이유는 바로 이 카드 때문인 게 틀림없었다. 여기 적혀 있는 메시지를 내게 보여 주고 싶었던 거다. 하지만……, 나는 카드에서 시선을 거두었다.

이 카드도 결국 게이타가 가지고 있는 약속의 증표와 다를 게 없었다. 이런 걸 써도 약속이 안 지켜지면 무슨 의미가 있다고. 1년도 안 되어 연락이 끊기는데, 10년 뒤를 약속하는 건 책에서나 가능한 일이다.

나는 한숨을 쉬며 카드를 도로 주머니에 넣으려다가 문득 떠오른 생각에 손길을 멈추었다.

미치하시는 끈질기게 하권도 빌리라고 권했다. 단순히 나한테 이걸 보여 주고 싶어 했다면 굳이 하권을 빌리라고 할 이유가 없는데. 설마, 설마…….

나는 숨을 죽이고 카드를 이리저리 살펴보았다. 딱 봐도 빛이 엄청 바랜 것이 꽤 낡아 보였다. 책의 마지막 장을 펼쳤다. 출간된 지 10년도 더 된 책이었다.

심장이 쿵쾅쿵쾅 빠르게 뛰었다. 설마, 그런 걸까. 미치하시가 나한테 정말 보여 주고 싶었던 건…….

나는 시계를 봤다. 이미 학교는 도서실을 비롯해 모든 시설의 문을 닫았을 시각이었다.

아, 하권도 빌릴걸. 나는 그제야 미치하시 말을 순순히 듣지 않은 걸 몹시 후회했다.

하권 생각에 뒤척이다가 결국 잠을 설쳤다. 나는 평소보다 일찍 일어나 등교 준비를 한 다음, 학교에 도착하자마자 곧장 도서실로 향했다.

어제의 기억을 더듬어 서가에서 하권을 찾았다.

책을 꺼내는 손이 달달 떨렸다. 나는 크게 심호흡을 하고서 마지막 장을 펼쳤다. 예상대로 상권과 똑같이 작은 카드가 들어 있었다. 카드는 어제 것보다 훨씬 더 깨끗했다.

나는 괜스레 간절한 마음이 되어 카드를 꺼낸 뒤 거기에 적힌 메시지를 확인했다.

우리 우정은 영원하다!

화려한 형광펜으로 적은 글자가 반짝반짝 빛났다. 카드 구석에는 상권보다 더 어른스러운 글씨체로 서명과 함께 바로 몇 년 전 날짜가 적혀 있었다. 서명 수는 네 개. 약속한 친구들 중 빠진 사람은 아무도 없었다.

순간, 눈시울이 뜨거워졌다.

게이타가 친구들과 한 약속을 비웃었는데. 그런 약속 따윈 다 소용없는 짓이라고. 하지만 이렇게 10년이 지나서 다시 만난 증거를 직접 눈으로 보자 마음이 마구 흔들렸다. 나도 친구들과 이런 약속을 할 수 있다면…….

나는 진심으로 간절히 바라면서 카드를 뚫어져라 응시했다. 조회 시간이 다 되었다는 사실도 까맣게 잊은 채.

급식에 졸업 메뉴가 나오는 날이 되었다.

전학 가기까지 불과 며칠밖에 남지 않았다. 하지만 나는 아직도 친구들과 그 메시지 카드처럼 우정을 약속하자는 말을 꺼내지 못하고 있었다.

약속을 해도 반드시 지켜지리라는 확신은 없다. 약속이 잊히는 건 자연스럽게 관계가 멀어지는 것보다 더 슬픈 일이다. 그렇게 생각하면 겁이 나서 친구들에게 얘기를 꺼낼 용기가 나지 않았다.

"흐음, 졸업식 날도 아닌데 졸업 특별 메뉴가 나오네?"

미키가 급식 쟁반에 놓인 화려한 메뉴를 바라보며 말했다. 졸업 메뉴는 매년 나오는 건데, 미키는 작년까지 초등학교에서 중학교로 그대로 올라가는 사립 학교를 다녔기 때문에 몰랐던 모양이다.

"졸업식 날에 졸업생은 급식을 먹지 않으니까, 그 전에 급식으로 졸업 특별 메뉴를 줘. 메뉴는 해마다 다르지만 디저트로 나오는 이 크레이프는 이상하게 늘 똑같아. 맛있으니까 상관없지만."

나는 비닐 포장에 '축 졸업'이라고 인쇄된 크레이프를 미키에게 들어 보이며 설명해 주었다. 중학교 급식 업체도 초등학교 때와 똑같기 때문에 이 크레이프를 벌써 일곱 번째로 먹는 거다.

올해의 졸업 메뉴는 크레이프와 멘치카츠(다진 고기와 양파 등을 반죽해서 빵가루를 입혀 고로케처럼 튀겨 낸 음식.), 미네스트로네, 그리고 과일 화채. 모두 내가 좋아하는 음식이다.

다른 때 같으면 다 먹고서 더 가져올 정도로 모두 근사한 메뉴였지만, 그날따라 좀처럼 식욕이 당기지 않았다. 졸업 메뉴가 꼭 이별 음식처럼 느껴졌다.

헤어지고 싶지 않아. 2년 뒤 졸업할 때 이 학교에서 이 친구들과 같이 졸업 메뉴를 먹고 싶어. 그런 생각에 휩싸이자 좋아하는 음식이 눈앞에 있어도 손이 선뜻 가지 않았다. 이건 학교에 입학한 뒤 처음 있는 일이었다.

그래도 꾸역꾸역 다 먹고 이제 크레이프만 남겨 놓았다. 차마 먹지 못하고 포장지만 만지작거리다가, 나를 바라보던 미키와 눈이 슬쩍 마주쳤다.

미키는 뭔가를 알아차린 듯한 얼굴이었다. 나는 그런 미키에게 아무것도 아니라는 듯 싱긋 웃어 보였다. 그런데 미키가 대뜸 이렇게 말했다.

"그 크레이프, 나 주면 안 돼?"

나는 눈이 휘둥그레졌다. 미키가 급식을 달라고 한 적은 한 번도 없었다. 반 친구들도 깜짝 놀라서 미키를 빤히 쳐다보았다.

굳이 못 줄 건 없었지만, 나는 일부러 짓궂게 물었다.

"음, 너 하는 거 봐서. 내가 이거 주면 넌 뭐 줄 건데?"

"아무것도 없어."

미키는 태연히 대답했다.

"그런 게 어디 있어? 이렇게 귀한 메뉴를 거저 달라고 하다니, 아무리 그래도 그건 너무 뻔뻔하……."

"미안, 다시 말할게. 지금은 아무것도 없어."

미키가 내 말을 가로막았다. 내가 당황하는 기색을 보이자, 미키는 내 얼굴을 똑바로 바라보며 말을 이었다.

"그 대신에 2년 뒤, 3학년 때 졸업 메뉴로 나온 디저트를 가지고 널 만나러 갈게. 상하지 않게 냉동해서, 주말에 전철 타고. 약속할게, 꼭!"

미키의 눈빛은 자못 진지했다. 나는 미키가 한 말의 의미를 알아채고 가슴이 떨렸다.

내가 남몰래 바라던 그 우정의 약속을 지금 미키가 하려는 것이다. 네가 전학 간 뒤에도 절대 널 잊지 않을게. 우리는 영원히 친구야. 그런 약속을.

나는 불안과 기대가 뒤섞인 감정을 애써 숨기고 가벼운 말투로 물었다.

"그런 약속, 정말 해도 돼? 내가 얼마나 식탐이 많은지 너도 알잖아. 만약 그 약속 깨면 평생 널 용서하지 않을지도 몰라."

"그러니까 약속이지. 나도 평생 네 원망 받고 싶지 않으니까."

미키는 또박또박 대답했다.

나는 더 이상 실실거릴 수 없었다. 미키의 얼굴을 바라본 뒤 식판 위의 크레이프로 시선을 옮겼다. 머릿속에 도서실에서 본 메시지 카드가 선명하게 떠올랐다.

이 약속의 결과가 어떻게 될지는 아무도 모른다. 그래도 나는 미키를 믿고 싶었다. 자꾸만 겁이 났지만 용기를 내기로 마음먹었다. 식판에서 크레이프를 들어 미키에게 건네 주려다가, 손에 꼭 쥔 채 말했다.

"……나중에 가져와서 이것만 주고 그냥 바로 돌아간다거나, 그런 거 없기야. 유명한 데, 맛집 알아 둘 테니까 꼭 놀다 가야 돼. 지금처럼 같이 수다 떨고 놀아야지, 안 그러면 안 줘."

"응, 나도 그럴 생각이야. 그리고 그 전에도 계속 놀러 갈 테니까, 그땐 이미 맛집들은 다 가 봤을지도 모르지만. 아님 네가 음식 솜씨를 발휘해 주든가."

마음속에 있던 딱딱한 응어리가 사르르 풀어지는 느낌이 났다. 감정이 벅차올라 눈물이 나려고 했다. 내가 전학 간다는 사실을 아직 모르는 친구들이 우리 대화를 듣고 웅성거리기 시작했다.

내가 미키에게 크레이프를 주자 모모가 미키에게 다가왔다.

"미키, 나도 반만 줘."

그럼, 하고 미키가 고개를 끄덕였다. 뒤이어 도모카와 사와무라도 다가왔다. 쓰지 선생님은 평소에 급식 시간에 돌아다니면 주의를 주었지만, 지금은 못 본 척하며 넘어갔다.

미키는 내 크레이프를 4등분해서 친구들에게 나눠 줬다. 네 명의 친구는 나를 바라보면서 동시에 내가 준 크레이프를 한 입씩 먹었다. 마치 약속을 맹세한다고 말하는 것처럼.

그 모습을 보며 나는 2년 뒤의 우리들 모습을 떠올려 보았다. 그 상상 속에서 나는 지금과 똑같이 친구들과 사이좋게 수다를 떨고, 한껏 솜씨를 발휘해서 음식을 대접하고 있었다.

나는 눈물을 참고 장난스럽게 말했다.

"와, 벌써 2년 뒤가 기대돼. 크레이프를 한 번에 네 개나 먹을 수 있다니!"

"아니지. 4분의 1밖에 못 먹었으니까, 우리가 가져가는 것도 4분의 1 아니야?"

도모카가 짐짓 당황한 척하기에 나는 억지로 엄한 표정을 지어 못 박았다.

"이자가 붙어야지. 2년치 이자! 다들 한 개씩 안 가져오면 가만 안 둬."

네 명이 일제히 웃음을 터뜨렸다. 나는 시야가 뿌옇게 흐려지는 것을 느끼면서 친구들과 같이 소리 높여 웃었다.

"게이타, 돌아올 때 길 잃지 않게 조심해."

"걱정 마, 누나. 다 알아."

그럼 다녀올게, 하고 게이타가 학교를 향해 뛰기 시작했다. 멀어지는 등에다가 손을 흔드는데 벚꽃이 사뿐히 떨어졌다.

이제 벚꽃은 거의 지고 푸른 잎이 자라고 있었다. 새 학기가 시작하고 이틀째, 나는 게이타를 배웅한 뒤 등교할 중학교를 물끄러미 바라봤다.

전학 간 중학교는 게이타가 다니는 초등학교와 나란하게 서 있었다. 어제는 개학식만 하고 일찍 끝났기 때문에 오늘부터 진짜 새로운 학교 생활이 시작된다. 급식도 오늘이 첫날이다.

묘한 긴장감으로 심장이 빠르게 쿵쿵 뛰었다. 나는 가슴에 손을 얹고 깊이 숨을 들이쉰 다음, 교복 주머니에서 새로 산 휴대폰를 꺼냈다.

문자 메시지 창을 열자, 어제 아침에 친구들이 보낸 메시지가 보였다. 나의 새로운 중학교 생활을 응원하는 메시지들이었다.

네 통의 문자를 차례로 읽고 용기를 얻은 뒤, 다시 중학교 건물을 바라보았다.

“이 학교도 급식이 맛있겠지?”

나는 가벼운 발걸음으로 첫발을 내디뎠다.

오늘의 급식

첫판 1쇄 펴낸날 2021년 1월 29일
5쇄 펴낸날 2022년 5월 15일

지은이 기사라기 가즈사 **옮긴이** 김윤수
펴낸이 박창희
편집 김수진 **디자인** 정진희
마케팅 최창호 **회계** 양여진

펴낸곳 (주)라임
출판등록 2013년 8월 8일 제2013-000091호
주소 경기도 파주시 심학산로 10, 우편번호 10881
전화 031) 955-9020, 9021 **팩스** 031) 955-9022
이메일 lime@limebook.co.kr **인스타그램** @lime_pub

ISBN 979-11-89208-70-7 44830
979-11-951893-0-4 (세트)

* 잘못된 책은 구입하신 서점에서 바꾸어 드립니다.
* 본서의 반품 기한은 2027년 5월 31일까지입니다.